「いやー、こんにちは！
あなたがカナレ郡長の
アルス・ローベント様ですか！
いやー、まだお若いのに凄いな、
郡長なんて。あ、僕は
ヴァージ・サマードといいます。
パラダイル出身の没落した
貴族の出です」
ヴァージ
聞いてもいないのに、
ペラペラと自分のプロフィールに
ついて喋り始めた。口が回るようだ。
アルス

三人は広場の掲示板に貼られている、
人材募集の貼り紙を見ていた。
もしかして仕える先を探しているのか？
いや、掲示板にはローベント家の家臣募集の貼り紙以外にも、
ほかの仕事の募集の貼り紙が貼ってあるので、
家臣になりたいと思っているとは限らない。
だが、カナレで仕事を探しているという可能性は高そうだ。
もし有能なら家臣にしたいところだし、
鑑定しておくか。

謎の
三人組

「ロセル、ちょっといいか？」

「あ、アルス。どうしたの？」

ロセルは集中力が高いので、私が部屋に入っても気付かず作業をしていたが、声をかけたら流石に気づいた。

「ちょっと話を聞きたくて……ロセルはヨウ国という国を知ってるか？」

「ヨウ国？　知ってるよ」

ロセル

転生貴族、鑑定スキルで成り上がる

弱小領地を受け継いだので、優秀な人材を
増やしていたら、最強領地になってた

5

未来人A

ill. jimmy

デザイン：AFTERGLOW　イラスト：jimmy

Contents

プロローグ

私、アルス・ローベントが異世界に転生して、十四年の月日が流れていた。

子供だった時は、まだ平和で戦などはほとんど経験せず過ごしていた。

生まれながらに保有していたスキルである、『鑑定スキル』を使い、リーツ、シャーロット、ロセル、ミレーユ達を家臣にし、人材を集めまくっていた。

最近になってミーシアン州の後継者を巡る戦いが本格的に大きくなっていき、それから戦い続けることになった。

何とか勝利を収めることは出来たが、大勢の人の死に触れ、戦乱の世界に転生してしまったということを実感した。

そこからカナレ郡長になり、一城の主になった。

正直、統治する範囲が広がって大丈夫かとも思ったが、家臣たちが有能なので何とかなっている。

それから、サイツ州からのカナレ侵攻で大ピンチになった。

正直、生きた心地はしなかったが、それも何とか撃退することが出来た。

サイツ州軍を撃退したことで、私の支持する兄クランが優勢に、弟バサマークが劣勢となった。

結局、クランの勝利でミーシアンを巡る争いは決着がついた。

その後、こんな年齢で結婚することにもなった。

とまあ、ざっと転生してからの自分の人生を思い出してみたが、転生前の日本で暮らしていたころとは大違いだ。

基本仕事人間で、家と職場の往復だけ。これと言って趣味もないつまらない人間だった。

結婚などもしていない。そもそも彼女すら出来たことがなかったからな。

そんな私があの激しい戦を経験したり、一城の主になったりと、今でも嘘《うそ》みたいである。

正直、ちょっと疲れてもきていた。

しばらく戦は経験したくない。

もうミーシアンも統一された。

戦の火種もないことはないが、しばらくは起きないだろう。

ただ、いずれまた争いが起きてしまうだろう。

この平和の間に、このカナレを強い領地へと成長させて、敵が攻めてきてももっと簡単に追い払えるくらいにしなければな。

私は強くそう思った。

一章　人材発掘

領地の強化にはやはり優秀な人材をどれだけ増やせるかがカギだろう。

私は新しい人材の発掘を積極的に行っていた。

私の『鑑定』があれば、人の現在の能力と潜在能力、適性などを見抜くことが出来るからな。

戦が終わってから、人材募集の告知をカナレの町や、ランベルク、トルベキスタ、クメールなどに出していた。

そして、新たな人材候補と面会する日となった。

応募者との面会は今日と三日後に行う。

今まで何度か募集をしていたので、そこまで大勢の志願者が来ることはないと思っていたが、予想外に人が集まっていた。五百人くらいはいた。

どうやら、サイツとの戦いで大勝利したことにより、私や家臣たちの声望が一気に上がったことが理由のようだ。

カナレ郡内だけでなく、ほかのミーシアンの郡からも、様々な人材がカナレ郡には有能な領主がいると聞きつけてやってきていた。

ミーシアンの内乱や混乱で、職を失った人たちがいることも、理由として挙げられるだろう。

大勢集まったのは良い事ではある。

しかし、一日で鑑定できる人数には限度がある。

ここまでの人数を一度に鑑定はできない。

仕方ないので百五十人くらいに絞って鑑定をすることにした。本来は先着順にするべきだったが、ここまで集まるとは想定していなかったので、誰が最初に来たのかわからない。

次回からは先着順にして、早く来た百五十人を鑑定しよう。

城の中に仕官志望者たちを招き入れて、次々に鑑定をしていった。

前は、カナレには経済的な余裕がなかったので、採用する人数を絞っていたが、今は少しだけ余裕がある。

クランから貰《もら》った分の金や、戦が終わったことで景気が良くなったので、税収の上昇が見込めそうという点。

それから、戦のために買い入れていた魔力水や、この前のサイツとの戦いで敵から盗んだ魔力水などを売って、金貨に換えたりもした。

しばらく戦はないから大丈夫という判断である。

今は戦に対する備えより、優秀な人材の確保や発展のために金を使う方が優先だ。

金を使ってカナレを発展させていけば、人口も増え、収入も増える。長期的に見れば、それは戦力の上昇にもつなげられる。

しばらくはないが、いずれまた戦は起こるだろう。その時には今よりもっと強い戦力を整えておかなければ。前回の戦は戦力で劣っている中でも、上手い事勝つことは出来たが、次もそうなるとは限らない。

ちなみに魔力水売却を提案してくれたのはリーツである。私は許可を出しただけに過ぎない。

もちろん完全に売り切ったわけではない。最低限の量は残してある。

盗んだ魔力水の量は意外と多く、それなりの量が余っていた。

人材確保の資金は十分にある。

採用しようと思っている人材はステータス（限界値）の平均が65を超えている人材、限界値が80以上のステータスが一つでもある人材、あとは適性の高さも考慮する。Aが一つでもあれば基本的には採用。魔法兵適性はB以上あれば採用する。

鑑定スキルで、出身地や家族構成なども確認可能なので、そこに関して嘘《うそ》を吐《つ》かないかなども確かめる。嘘を吐いているものは基本的には怪しいので、仕官はさせない。

また、鑑定スキルでは今仕えている相手をどう思っているかも、鑑定可能だ。

すでに誰かに仕えているような人材は、スパイである可能性が高いので、能力がどうであれ採用することはない。

仮にサイツ州など、ミーシアン外の誰かに仕えていた場合は、捕らえて魂胆を吐かせる必要がありそうだ。まあ、来たらの話だけど。

早速百五十人を一人一人鑑定していく。

もちろんそう簡単に条件を満たしている人材は見つからない。

鑑定して気付いたが、前回より女性の数が増えていた。

ムーシャを採用したという事が広まりでもしたのだろうか。

もっとも、増えたと言っても、男の方が圧倒的に多いのは変わらないが。

まず五十人ほど鑑定して、採用したいと思った人材は三人だった。

全員男性で武勇に優れていた。飛びぬけて高いわけではないが、戦での活躍が期待できる人材である。

残りの百人を鑑定。採用したい人たちは全部で十名だった。

飛びぬけて有能な人材は十人の中にはいなかったが、人材の補強にはつながったはずだ。

○

三日後、先着順に変え人材募集を行った。

最初の人材と面会する。

中肉中背で、細目の男が最初の候補者だった。

「いやー、こんにちは！　あなたがカナレ郡長のアルス・ローベント様ですか！　いやー、まだお若いのに凄いな、郡長なんて。あ、僕はヴァージ・サマードといいます。パラダイル出身の没落した貴族の出です」

聞いてもいないのに、ペラペラと自分のプロフィールについて喋《しゃべ》り始めた。口が回るようだ。

貴族出身はたまにだがいる。

私は鑑定してみた。

ヴァージ・サマード　23歳♂
・ステータス
統率　31／44
武勇　45／51
知略　66／74
政治　71／90
野心　30
・適性
歩兵　C
騎兵　D
弓兵　D

魔法兵　D
築城　D
兵器　D
水軍　D
空軍　D
計略　B

ステータスはこんな感じだった。

やたら政治力が高い。

経歴はさっき聞いた通りだった。

嘘は吐いていないようだ。

「知っているみたいだが、自己紹介をしよう。私はカナレ郡長のアルス・ローベントだ。志願してきた理由を教えてほしい」

「実家が借金で没落してしまいましてね。仕官先を探していた所、カナレ郡長の噂《うわさ》を耳にしまして、これだっと思いまして。僕、実家が没落した後サマフォース大陸の色んなところに行って、仕官先を探していたんですよー。パラダイル、シューツ、サイツ、ローファイル、帝都にも行きましたよ。言葉とか結構違うこともあるんですけど、身振り手振りで案外何とかなるんです。色々知ってるんで、僕を雇うと結構使えると思いますよ」

自己PRをしてきた。

喋りが上手いというか、言葉の抑揚の付け方が、何となくプロの芸人みたいな感じだ。

この辺が政治力が高い要因だろうか？　まあ、若干喋りすぎなような気がするけど。

外交役ができる人材はもっといればいいと思っていたので、口が上手いヴァージが家臣になるのはいい事かもしれない。


「それで採用ですか⁉」


身を乗り出して尋ねてきた。

彼は採用したいが、この場ではすぐに合否は下さないことにしている。

後日知らせると言って、次の人の鑑定を開始した。

今日は採用していいと思える人が少なく、ヴァージを入れて四人だった。

○

「いやー！　僕を採用するとは！　カナレ郡長には人を見る目がお有りと噂がありましたが、本当のことみたいでしたね！」

採用後ヴァージと話をしたら、陽気な感じにそう言っていた。

結構、自信を持っているようである。

「それで僕はどんな仕事をすれば良いんでしょうか！　戦の指揮ですか？　戦うのは苦手ですけど、知識は身につけたので意外と指揮はできるかもしれませんよ！」

「いや、指揮は……」

彼は現時点での統率力は低いし、あまり限界値も高くない。

兵を率いらせるのは、得策じゃないだろう。

しかし、ヴァージにはどういう役割を与えるのが、的確だろうか。

口の上手さは、外交だけでなく色々な面で使える能力だ。

例えば、不満を持っている領民を説得したり、商談を纏《まと》め易くも出来たりするだろう。

内政をする際にも、様々な場面で活躍できるはずだ。

今、カナレでは、リーツが中心になって内政を行っている。

私は人材発掘を行ってはいるが、細かい内政の指示などはよく分からないことが多いので、リーツに任せていることが多い。

リーツは軍事的な訓練も行っているので、正直非常に負担が大きい。最近では、軍事においてはブラッハムやザットが徐々に成長してきたので、彼らに任せていることもあるようだが、それでも仕事量は膨大にある。

ヴァージをリーツの補佐につければ、内政面での手助けになるかもしれない。

もちろんいきなり使えるようにはならないし、最初は勉強する期間も必要だろうけど。

逆にそれでリーツの負担を多くしてしまう可能性もなくはない。

まあ、でも、鑑定スキルを信じるなら、ヴァージは政治をするに当たって、有能な人材なはずだ。

彼はリーツの補佐につけることにしよう。

「君はしばらくの間、リーツの補佐をしてくれ」

「リーツというと……確かマルカ人の方ですよね。噂ではめちゃくちゃ強いとか。その人の下で修行をしてこいと⁉」

興奮した様子でそう言った。

ヴァージはもしや戦いたいのか？

自分の才能とやりたいことが違うパターンなのだろうか。

「いや、戦うわけではなくてだな……リーツは内政でも色々仕事をしているので、それの補佐をしてほしいのだ」

「戦いではなく内政方面での仕事ですか。どちらかというとそっちの方が出来るかもしれませんね。がんばります。しかし、マルカ人って、どこ行っても奴隷にされたりして、可哀想だなって思ってたんですけど、リーツさんは何でも出来るんですね。凄いです」

ヴァージはマルカ人へ差別意識があるというより、可哀想と思っているタイプのようだ。割と良い人なのかもしれない。

「それでは早速リーツさんの下に行きたいと思います！　どこにおられるのでしょうか！」

やる気満々な様子でヴァージは言った。

城の使用人を呼んで、彼をリーツがいる場所へと案内させた。

向上心もありそうだし、きちんと成長してリーツの手助けをしてくれるだろう。

それからヴァージ以外の人材とも面談し、仕事を振り分けていった。ヴァージ以外はほとんどが兵士になるような人材だった。

それなりに人材も獲得した。

面談もして疲れてきたし、明日は休憩するとしよう。

○

翌日は疲れをいやすため休暇を取った。

家族と食事を取ったあと、

「兄上兄上！　剣の稽古をしよう！」

「駄目！　今日は一緒に本を読むの！」

弟のクライツと妹のレンに、迫られていた。

二人は八歳になり、少し成長はしたがまだまだ子供である。

双子なのに性格が一致しないので、相変わらず二人がやりたいことが噛《か》み合っていない。

しかし、毎回休暇になると、似たようなやりとりをしているなと、私は少し笑ってしまった。

大体いつもは、私がどっちもやると言う事で、事が収まるのだが、

「分かった。じゃあ、レンちゃんはわたくしと一緒に本を読みましょうか」

今日は隣にいたリシアが笑顔でそう提案した。

子供と遊ぶのは結構大変である。

少しでも負担を軽減しようという、リシアの気遣いだろう。

「姉上！　それはいい提案だ！」

クライツは元気な声でそう言った。

クライツは、リシアのことを姉上と慕っているのだが……

「やだ」

レンはプイッと顔を背けた。

「私、この人嫌い」


直球で嫌いとレンが発言し、リシアの表情が凍りつく。

結婚後、気になっていたのだが、どうもクライツはリシアを慕っているようなのだが、レンはなぜかリシアを嫌っているようである。

リシアが何か嫌われるような真似をしたという事はないと思うので、不思議に思っていた。

そもそも、リシアは人心掌握に長けている。

こんなに嫌われるということも珍しいと思うが。

「こ、こらレン。嫌いとか言っちゃ駄目だぞ」

「嫌いなものは嫌いだもん」

チラリとリシアを見ると、表情が凍りついたままだった。

ここまで嫌いと言い切られるとショックだろう。

その後、リシアはレンの目の前に行き、しゃがんで視線を合わせて、

「レンちゃんは何でわたくしの事が嫌いなのでしょうか？　嫌われたままでは悲しいので、教えて欲しいです」

そう質問した。

レンは無言のまま俯《うつむ》いていたが、しばらくして口を開く。

「だって、あなた兄上のお嫁さんなんでしょ？　兄上は私と結婚するはずだったのに……」

レンは口をとがらせて、そう呟《つぶや》いた。

なるほど、つまりリシアにヤキモチを焼いていたのか。

まあ、まだ子供だからそういう事もあるかもしれない。

「あら、それなら大丈夫よ。アルスは器が大きいから、レンちゃんも将来お嫁さんにしてくれるわ」

「ほんと？」

「ええ、アルス、本当ですわよね」

「あ、ああ」

「やったー」

私が頷《うなず》いて返事をすると、レンは目を輝かせて喜んだ。

納得させるためとはいえ、妹を妻にすることを認めるのはいかがなものかと思うのだが。子供相手だし、この場を丸く収めるのには良いかもしれない。流石に成長して、大人になっても私の妻になりたいと思い続けるなんてことはないだろう。

「じゃあ、わたくしの事嫌いじゃなくなった？」

「うーん、分かんない」

レンは首を傾げる。

いきなり好感度が急上昇するわけではないようだった。

「そうね。まだあんまりお話しした事ないですからね。レンちゃんは何か好きなものあるかしら」

リシアは雑談を始めた。

レンは無視せずに雑談に応じる。

「兄上と本と、あとお花が好き」

「奇遇ね。わたくしもアルスと本と、お花は好きよ」

さらっと好きと言われて、若干ドキッとする。夜ではよく言われてるんだが。

「レンちゃんはお花育てたりするの？」

「見るだけ。育て方分かんない」

「そうなの。わたくし育て方には詳しいから、一緒に育ててみる？」

「育てられるの？　凄い！　育ててみる！」

レンは目を輝かせてそう言った。

割と二人の趣味は合うみたいだ。

これは、意気投合するのも早そうだし、心配はいらないかもな。

「じゃあ、私たちは剣の訓練をするか」

「うん‼」

私は外に出て、クライツと稽古を始めた。

数時間後。

訓練をして、ヘトヘトになって戻った。

クライツはまだまだ訓練が足りないようだが、体がもたないのでここまでにした。もっと体力をつけないと、この先困る時が来るかもしれないな。ランニングでもした方がいいかもしれない。

リシアとレンはだいぶ打ち解けたようで、笑顔で話し合っていた。仲良くなれたようで安心した。


「いいですか？　殿方に好かれるには表情が重要ですわ……こうやって上目遣いで……」

「なるほどこんな感じですか姉上……」


……何か変な話をしていないか？

レンは知略や政治の限界値が高い。

リシアと仲良くなって順調に成長したら、将来凄い強《したた》かな女性になるかもしれない。

リシアと会話するレンを見て、そう思った。

○

休暇を終えた翌日。

ミレーユがカナレ城を訪問してきた。

会議などがある時以外、基本的にミレーユは訪ねて来ないのだが、今日は何か用があって来たようだ。

私は応接室でミレーユと二人きりで話をする。

「やあ坊や、夫婦関係はうまくいっているかい？」

「まあ、そこそこには……」

いきなり世間話を始めてきた。

「あのリシアって子は中々強い子だろう。坊やは多分尻に敷かれそうだねぇ」

ニヤニヤしながらミレーユがからかってきた。

それは前々から思っていたことなので、あまり反論はできない。

「ところで、今日は何の用で来たんだ」

話を本題に戻す。

「前に言ったけど、弟のトーマスと面談したいんだが、クランにその件について話してくれないか？」

「やはりその件か」

ミレーユの弟、トーマスは、バサマーク派についていた。トーマスは有能な人材ではあるので、バサマークが敗北した後は、クランが家臣になるよう何度も説得したが、バサマークへの忠誠心が厚いのか、頑《かたく》なに首を縦に振ろうとしないようである。

そんなトーマスをミレーユは説得できる自信があるようだった。

トーマスの件以外で、訪ねて来る理由は思い浮かばなかったので、予想はしていたが、予想通りだったようだ。

「じゃあ、書状を書いて送るから、それの返事が来るまで少し待って……」

「面倒だね。その書状をアタシが直接持っていって、クランに読ませればいい」

「……確かにそれなら早そうだが、もし駄目だった場合、無駄足になってしまうぞ」

「それならそれで、アルカンテスの観光を楽しんでくるさ」

「お前には一応ランベルクを任せているんだが……」

「ちょっとくらい空けてても、特に問題は起こらないよ。ま、何か問題が起きたら、リーツに任せればいいさ」

かなり投げやりにそう言った。

しかしこれ以上リーツに負担はかけられない。

まあ、ランベルクの統治については、長くやっていたので私でも解決は出来ると思う。

リシアやロセルの知恵などを借りることにはなるかもしれないが、リーツの手を煩わせる必要はないだろう。

「分かった。今すぐ書状を書こう」

私は書状を書いた。

ミレーユに、トーマスを説得する算段があるようなので、面会の許可を貰えるようまず頼んだ。

そして、もしかすると、姉の下になら付くとトーマスがいう可能性があるので、その場合はトーマスをミレーユの直属の家臣にしてもらえないか、というのも書いておいた。

クランはトーマスを手元に置きたがっているふしもあるので、断られる可能性もゼロではない。

ただ、普通に考えて、説得は難しいとはクランも分かっているはず。

断っては来ないはずだ。

私は書状を書き上げた後、それをミレーユに渡した。

「ありがと。じゃ、愚弟はアタシがしっかりと連れてくるから、期待して待っててていいよ」

ミレーユは部屋から出ていった。

何か説得成功に凄い自信があるみたいだな……

でも、本当に成功するのか？

ミレーユはトーマスに嫌われている様子だったが……

期待して待ってててと言っていたが、まあ、そこまで大きな期待はせず、来ないものと思って待っていよう。

○

州都アルカンテス。

ミレーユはアルスから受け取った書状を手に持って、アルカンテスを訪れていた。

後ろには二名の護衛兵が。

あまり厳重な守りではないが、ミレーユは自身もそれなりに腕が立つので、数が少なくてもあまり問題ではなかった。

「さて、クランに会えるかねぇ」

クランは現在はミーシアン州総督である。

ただでさえ忙しい身分だが、今は内戦が終了してまだそこまで日も経っていないということで、さらに忙しいだろう。

事前に連絡したわけではないので、会えるかがまず分からなかった。

ただ、アルスの書状を持ってきたという話なら、聞く可能性は高いとミレーユは考えていた。

クランにとってアルスはお気に入りだろう。

アルカンテス城へ向かう。

門番に止められたので、ミレーユは書状を見せた。書状にはローベント家の封蠟《ふうろう》が押されている。門番も無視はできない。

門番はミレーユにしばらくこの場で待つように言って、近くにいた別の門番、恐らく部下に何かを指示した。

しばらくすると、クランの腹心であるロビンソンがやってきた。

「ミレーユさんではないですか。今日はなぜここに？」

「坊や……アタシの主人、アルス・ローベントからの書状を預かってきたから、クラン……様に直接渡したい」

「直接渡したいのですか？」

「ああ、出来ればその場ですぐに読んで欲しいんだが、時間はあるかい？　そんなに長い内容じゃないから、ほんの少しだけ時間を貰えればいいんだけど」

「今はクラン様はちょうど手が空いておられますが……ちょっと尋ねてきます」

ロビンソンはそう言って城の中に入った。

手が空いてるなら、すぐ会わせてくれればいいのに、とミレーユは若干不機嫌になる。

数分後、ロビンソンが戻って来た。

「お会いになるそうです。お入りください」

ミレーユはロビンソンの指示に従い、アルカンテス城に入城した。

○

ミレーユは城主の間へと通され、クランと面会した。

豪華な椅子に腰かけたクランは、少し険しい表情でミレーユを見ていた。

「ミレーユ……私に用とは何だ？　もしかしてクビにでもなったか？　残念ながら私はお前を雇う気はないぞ」

「クビになってない……ませんよ……」

丁寧な言葉を使うよう気をつけて、クランの言葉に反論をした。

「お久しぶりですクラン様。我が主、アルスからの書状を持ってまいりました」

お辞儀をしてミレーユはそう言った。

そのミレーユらしからぬ丁寧な態度を見て、クランが顔をしかめる。

「……気持ち悪いから普通に話せ」

「あ、そう？　いやー、堅苦しい喋り方は苦手でさ」

「変わり身が早すぎる……」

一瞬で敬語をやめたミレーユの態度に、クランは呆《あき》れていた。

「それで、アルスから書状か……なぜわざわざお主が持ってきたのだ？」

「中を見れば分かるさ」

そう言ってミレーユはクランに書状を手渡した。

クランはミレーユから書状を受け取り、中身を読んだ。

「トーマスをお前が説得……？　成功するのか？」

「するさ」

ミレーユは頷きながら返答した。

「奴は私を憎んでいる。お前のことも決してよくは思っていなかったようだが」

「それでも弟だからね。話せば何とかなる。ただ、アンタの直属の家臣にしてやることは出来ないと思うけどね。カナレの方に連れていきたい」

「それは書状に書いてあった。まあ、アルスの家臣は私の家臣も同然。それに、目下警戒すべき敵はサイツ州のみで、アルスの治めるカナレ郡はサイツと接している。カナレ郡の強化はしなければいけないので、それについては問題はない。成功の余地があるというのなら、面会するがよい。奴ほどの逸材をこのまま閉じ込め続けるのも、勿体無《もったいな》いからな」

クランは許可を出した。

その後、クランはすぐにミレーユをトーマスのいる牢《ろう》へ案内するように、家臣に指示を出した。

ミレーユは案内について行く。

アルカンテスには地下牢があるのだが、トーマスはそこには収容されていなかった。

地下牢は、あまり環境が良くないので、家臣にしようと思っているトーマスを閉じ込めるような場所ではなかった。

アルカンテス城にある大きめの部屋に、収容されていた。

扉の前には脱走を防ぐため、武装した兵士が二人立っていた。

「面会の際は私たちが立ち会います」

「二人きりで面会したいんだけど」

「決まりですので、それは無理です」

アルカンテス城内で見張り番をするような兵士は、そうそう規則は破らない。これは説得は難しいだろうとミレーユは思い、仕方なく見張り番二人が同席の上で面会をすることにした。

扉が開く。

中には少しやつれた様子の、トーマス・グランジオンが椅子に腰掛けていた。

「よう、何だか元気なさそうな表情だね」

ミレーユがそう言うと、トーマスは険しい表情でミレーユを睨《にら》みつける。


「何をしにきた」


怒っているような低い声で、トーマスはつぶやいた。

「せっかく姉が会いにきたってのに、その反応は何だい。本来なら泣いて喜ぶところだよ」

「ふん、てめーが死んだって報告なら、泣いて喜んでやらぁ」

「ひどいこと言うねぇ。誰に似たんだか全く。親の顔が見たいよ」

ミレーユのボケに、トーマスは全くの無反応。

「おいおい、俺と一緒だろうが、ってつっこむところだよここは」

「本当に何しにきたんだテメェは……」

「アンタを説得しにきたんだよ。いつまでこんな辛気臭い場所に閉じ込められてるつもりなんだい？　アタシと一緒にさっさと出よう」

「断る」

トーマスは即答する。

「どうしてさ。こんな場所が気に入っちまったのかい？」

「違《ち》げぇーよ。バサマーク様を殺したクランに付くつもりは、微塵《みじん》もないから出るつもりはない」

「アンタが付くのは、アタシの主人のアルス・ローベントだよ。クランの直接の家臣になるわけじゃない」

「そのアルスとやらは、クランの家臣なんだろ？　それならクランの下に付くのと一緒じゃねーか」

「まあ、それはそうなんだけどね。でも、アルスとアンタは合うと思うよ。それに人を見抜く特殊な目を持っているアルスは、これから優秀な奴等を集めて大勢力を作り出すと思うよ」

「それなら俺以外のやつを家臣にして、存分に成長することだな」

頑なな態度にミレーユは「はぁー」と強いため息を吐いた。

「何でバサマークなんぞに、アンタは肩入れするかねー。所詮ただの敗北者じゃないか」

バサマークをミレーユが馬鹿にすると、トーマスは表情をさらに険しくする。

「バサマーク様を愚弄するな。あの方には大きな恩がある。それを忘れることは出来ねえ」

「はっ。恩ねぇ。確かにバサマークにも恩はあるかもしんないけど、アンタはアタシにも恩があること忘れてない？」

ミレーユのその言葉を聞き、トーマスは痛い所を突かれたという表情を浮かべる。

「子供の頃からさぁ。アンタ、アタシに何度も助けられたでしょ？　忘れたの？　バサマークの家臣になれたのも、全部自分の力だとでも思っているわけ？　アンタはさぁ、昔から誰かについていくことでしか、何もできない男だったでしょ。ちょっとばかし図体がデカくなっても、それは変わんないよね」

「…………」

トーマスは何も言い返せず黙る。

ミレーユはその後、トーマスの耳に口を近づけて、何かを囁《ささや》いた。

その言葉を聞き、トーマスは少し目を見開く。

ミレーユは耳から顔を離した後、

「まあ、確証はないけどね。一度アルスに会ってみるといいよ」

そう言った。

トーマスはしばらく無言を貫き。

「少し考えさせろ」

と返答した。

○

ミレーユがアルカンテスに行っている間、私は人材発掘を何度か行った。

そして現在、執務室で人材の能力値を書き記した書類を確認していた。

「アルス様、今回は採用基準を満たしている人材はいたでしょうか？」

リーツがそう尋ねてきたが、私は首を横に振る。

「いや、今回もいなかったな……いくら鑑定できたとしても、いい人材が来てくれるかどうかは、運でしかないし……根気よく探し続けるしかないな」

「ですね……ミレーユが、弟の勧誘を成功させてくれれば大きいのですが……」

「正直、あまり期待はしていなくてな……いくら弟とはいえ、人を勧誘したりするのに、ミレーユが向いているとは思えなくてな……」

「それは同感です」

私の意見にリーツは同意した。

「ところで、リーツの下に付けた、ヴァージはどうだ？　人材として使えそうか？」

「はい。中々頭の良い男ですし、気が利くので結構助けられています。少々喋りすぎなところはありますが、それも長所の一つでしょう。今も、町民から上がってた苦情への対応や、外部から来た商人との取引などを任せています」

　ヴァージがリーツの助けになっていると聞いて、少し安心した。反りが合わなかったりしたら、逆に足を引っ張ることになりそうだとも思っていた。

「僕としては仕事が少なくなって、若干物足りなさも感じていますが……」

　とリーツはそう言った。

　仕事が減って物足りなさを感じるって……リーツは仕事中毒に片足突っ込んでいるかもしれない。

「アルス様、よろしいでしょうか」

　執務室の扉の向こうから、そう声がかかった。

　城の使用人の声である。私は入って良いと許可を出した。

「ミレーユ様がお越しになりました。今、お時間大丈夫でしょうか？」

　アルカンテスに行っていたミレーユが、ちょうど戻ってきたようだ。

　トーマスを連れて来てくれたのだろうか。

「時間は大丈夫だ。連れて来てくれ」

「かしこまりました」

そう指示を出した。


数分後、ミレーユが執務室にやってきた。

「ただいまー」

陽気な様子で入ってきた。

これは成功したのだろうか？

「どうだった？」

「ん？　連れてきたよ。入って」

とミレーユが促すと、大男が執務室の中に入ってきた。

間違いない。

以前、トーマスを捕らえてスターツ城に連れて行ったときに見たから、トーマスの風貌は覚えていた。

一応鑑定もしてみた。

あの時見た、ハイスペックなステータスが表示された。

「よく来てくれた。私がカナレ郡の郡長、アルス・ローベントだ」

「……そうか、あの時の子供」

トーマスは私を見てそう言った。

最初に会った時、見られたりした覚えはないのだが、彼も私の存在を一応認識していたようだ。

「来てくれたという事は、私の家臣になるつもりで来たと思っていいか？」

トーマスは首を横に振った。

あれ？　家臣になる気はないのか？

「今の時点でアンタに忠誠を誓う事は出来ねぇ。だが、しばらくはこの領地のために働いてやる。アンタが仕えるに値しない領主なら、すぐにここを去る。当然、アンタが俺を無能だと思ったのなら、すぐに首を切って貰っても構わん」

試用期間というわけか。

ミレーユから私の鑑定スキルなど話は色々聞いているだろうが、それでもトーマスからしたら、今の私はただの子供に見えるだろう。

認められるかは分からないが、一歩前進したのは間違いない。

「分かった。あなたに認められるよう領主として尽力しよう」

○

トーマスが試しにとはいえ、家臣になることになった。

もちろん家臣になったからには、何らかの仕事を任せたい。

能力が高いので、ある程度重要な仕事をして欲しくはあるが、いきなり任せるのも流石に問題があるだろう。

しばらくは姉のミレーユの指示に従って、ランベルクの運営をやって貰うべきか。

私はそう思い、提案してみると、トーマスは、

「こいつの指示に従って働くのはごめんだ」

と明らかに嫌悪感を示した。

「生意気だね。でも、ランベルクの領地運営は、カナレに比べるとやることは少ないし、別の役割を与えた方がいいと思うよ」

ミレーユがそうアドバイスをしてきた。

最終的にリーツらとも話し合った結果、トーマスには、カナレの兵の訓練を任せることになった。

ベルツドで戦を行った時、彼の率いる軍は間違いなく精鋭揃《ぞろ》いだった。

きちんと訓練を行っていた証拠だろう。

リーツに訓練をある程度任せているのだが、トーマスがやってくれればリーツの負担も減るし、メリットが多い。

トーマスの役割はすんなりと決まった。

彼ならきちんと遂行してくれるだろう。

あとは、私が領主としての器を見せることが出来るかだが……具体的な方法はどうすればいいか

なんて分からないので、今まで通りやるしかないだろう。

○

翌日。

トーマスを家臣にしたからと言って、人材発掘を怠るわけにはいかない。

最近、徐々に景気が良くなってきたためか、税収がアップしてきた。

民の不満を無くすため、税率を若干下げたりもした上で、税収が上がったので、それだけ取引が活発になってきた証だろう。

たまに外を歩いたりしていると、やはり以前に比べて市場に活気が増しているような気がする。

税収が上がったので、それだけ雇える人材の数も増える。

どんどん探していかないといけない。

いつもと同じように、人材との面談を始めた。

中々優秀な人材は今日も見つからない。

ただ、魔法兵適性Bで騎兵適性もBの男が二人いたので、その二人は採ることにした。

二人とも武勇がそこそこ高く、ほかのステータスは低かった。単純なステータスでは、採用基準に達してはいないのだが、適性を見る限りでは魔法騎馬兵として活躍できそうな人材である。

面談も進んでいき、最後の一人になった。

今まで採用しようと思ったのは、魔法騎馬兵候補の二人だけ。


最後の一人は女性だった。


前髪がやけに長く、目元が隠れている。

年齢は恐らく十代後半から、二十代前半。

体格は平均的。

地味な灰色の服を身につけている。

俯いており顔を上げていない。

緊張しているように見える。

「ようこそカナレ城へ。私が城主のアルス・ローベントである」

「…………」

小さく口を動かしたようには見えたが、声は聞こえなかった。

ものすごく声が小さい。

ちょっとしたやり取りで、あまり明るい性格の子じゃないだろうというのは、すぐに予想がついた。そもそも、本当に家臣になる気があるかも分からない。

誰かに言われて、無理矢理きた可能性もありそうだ。
とりあえず私は鑑定をした。

エナン・リュージェス　21歳♀
・ステータス
統率　2／22
武勇　12／21
知略　56／80
政治　4／66
野心　0
・適性
歩兵　D
騎兵　D
弓兵　D
魔法兵　D
築城　B
兵器　S

水軍　B
空軍　B
計略　C

現在値のステータスは非常に低いが……限界値はそれなりに高い。

そして兵器適性が最高のSである。

育てればかなり優秀な人材になりそうだ。

シンの飛行船の開発に参加してもらえれば、開発速度が上がるかもしれないし、有用な魔法兵器の開発にも力になってくれるかもしれない。

出身地はミーシアンで、両親は存命、兄が二人と特に不審な点はなさそうだった。

ぜひ採用したい人材だったが、話をするとちょっと問題がありそうだった。

話をしたと言ったが、そもそも声が小さすぎて、私の耳まで届いてこないのである。会話が成立しない。大きな声を出すようにいうと、顔を赤らめて俯いてしまう。

典型的なコミュ障……これは仮に鑑定スキルなしで面接官をしていたら、間違いなく不合格にする人材である。

というか、鑑定スキルで潜在能力がわかった上でも、彼女を覚醒させられるか疑問だ。

……まあ、彼女のような人材を発掘し育てることこそ、鑑定スキルの一番の役割だし、採用してみよう。

彼女は採用すると決めて、その日の面談は終了した。

○

数日後。

採用した人材たちと再び面談をした。

魔法騎兵として採用した二人は、人格に特に問題はなかった。

彼らは、今まで魔法を使ったことも馬に乗ったこともなかったそうなので、これからは魔法騎兵として育成をしていくつもりだということを伝えた。

問題は最後に採用したエナンだ。

相変わらず声が小さすぎて、意思疎通が困難だ。

もしかしたら、声帯に何らかの異常を抱えているのかもしれない。

そうなると、話をすることは出来ないだろう。

会話を交わすことは諦めて、一旦筆談を試す事にした。

エナンは少し申し訳なさそうな表情をしながら、スラスラと文字を書いていく。教養の無いものには、字を書けない者もいるので、彼女がそうだったらお手上げだったが、幸い字を書くことができるようだ。

丁寧な字で、

『申し訳ありません。人と話す機会が長い間なく、声が上手く出なくなってしまいました』

と少し震えた筆致でそう書かれていた。

声が小さいのは病気ではないのだろうか？

長い間、人と話す機会がなかったとは、一体どういう環境で生きてきたのか気になるが……それなら、慣れればもしかしたらこれから声が出るようになるかもしれない。

『エナン・リュージェスと言います。自己紹介すら出来なくて申し訳ありません』

申し訳なさそうな様子で、エナンはそう書いた。

自己紹介がまともに出来なかったことが、少し気にかかっていたようだ。

「謝る必要はない。声が出ないのなら仕方がないしな」

私はエナンを元気付けるためにそう言ったが、あまり表情は晴れない。

その後、また紙に何かを書き始めた。

『私は本当に合格なのでしょうか？　普通に考えて受かるはずなんてないので、何だか信じられなくて』

確かにまともに自己紹介すら出来ずに受かるのは普通は考えられない。エナンは不信感を抱いているように見えた。

「私には鑑定スキルがある。君の隠された才能を見抜いたので、採用しようと思った」

『私に才能ですか？』

疑うような表情でエナンは私を見てきた。

すぐには信じることが出来ないようだ。

エナンはしばらく何かを考えるように俯き、その後、ハッとしたような表情を浮かべた。

なぜか少し顔を赤くしている。

その後震えながら文字を書き始めた。

『すみません気づくのが遅くて。そういうことでしたか。この際、仕方ありません。私の体、好きにしてください』

「物凄い勘違いをしているようだな……」

体目当てで採用したと思われたようだ。どう勘違いしたらそうなるんだ。

勘違いであると指摘した後、エナンは顔を赤くして慌てていた。

「ご、ごめんなさい！」

頭を下げながら謝ってきた。

……声が聞こえた。

まだ小さいが、確かにエナンの口から発せられた声が、私の耳に届いた。

慌てたのが逆に功を奏したのか、声の出し方を思い出したのかもしれない。

「こ、声出ました……」

本人は少し嬉《うれ》しそうな、照れているような表情でそう言った。

このまま声がまともに出せないままだと、流石にまずいと思っていたので、早速出せるようになって良かった。

「声が出せるようになって良かった。君を体目当てで採用したと言うのは、完全な勘違いなのでそこは理解してくれ。私は結婚している」

「そ、そうだったんですか。申し訳なかったです。常に私の長所はそこそこ顔が良いだけだと、言われ続けてきたので……」

どうやらあまり良くない家庭環境で育ったみたいだ。

ちなみに顔の良さに関しては、前髪で目が隠れているので良くわからない。前髪を上げれば、可愛い顔かもしれない。

「私の才能って……何なのでしょうか……」

「物を作ったりする才能が君にはあるはずだ」

「は……はぁ……物を作ったりする才能ですか……」

あまり本人はピンときていないようだ。

まあ、現時点の能力は別に高くはないし、練習したら何か見えてくるかもしれない。

とりあえず、シンにエナンを会わせてみよう。

私はエナンと共に、シンの下へと向かった。


「ここですか……」

シンの工房に到着する。エナンはシンの工房を困惑した表情で眺めていた。

「ここは何をするところなんでしょうか……」

飛行船を研究している工房など、他には無いしそう思っても当然だった。

「シンという男の工房だ。今は飛行船の研究を行っている」

「何ですか飛行船って」

「魔法の力で空を飛ぶ乗り物だ。まだ完成はしていないが、飛ぶ実験には成功している」

「そ、そんなものが……」

エナンは目を見開いていた。

どうやら興味はあるようだった。

「……って、え？　ちょっと待ってください。その工房に私が連れてこられたということは、もしかして、飛行船作りの手伝いをやれってことなんですか？」

エナンは自分の置かれた状況を察したようだ。

「そういうことだ」

「む、むむむ無理ですよ！　そんな凄そうな物を作る手伝いなんて！　魔法のこととか全然詳しくないですし！」

さっきまで声を出すことすらままならなかったとは思えないくらい、大きな声でエナンは否定した。

「確かに、いきなりやれと言われても無理だろう。しかし、君には才能があるはずだ。この工房にいるシンの下で学べば、その才能を開花させることが出来るかもしれない」

「開花……ですか」

エナンは考え込むように俯いた。

しばらくして、呟き始めた。

「正直、アルス様の言葉を完全に信じることは難しいです……今まで私は人並みに何かを出来たことが一つもなかったので……でも、このまま何もしないままなのも嫌なので……頑張ってみたいと思います」

前向きな発言という感じはなかったが、少しやる気を出してくれたようだ。

全くやる気がなかったら、才能があっても上達しない可能性が高いからな。良い傾向だろう。

私はエナンと共に工房に入る。

工房内では何やら作業が行われていた。恐らく飛行船の組み立てだろうか。

前見た飛行船より少し大きめだ。順調に開発は進んでいるように見える。

「ん？　アルス様やないか。今日はどうしてここに？」

作業の指示を出していたシンが私の姿に気付いた。

「その女は？」

「新しく家臣にした者だ。この工房で働かせてやって欲しい」

私が単刀直入に頼むと、シンは怪訝《けげん》そうな表情を浮かべた。

「工房で働かせてくれやと？　力仕事が結構多いし、女にはキツイでここは。それともそう見えて、めっちゃ力持ちなんか？」

「いや、そうではない。私の力で鑑定したところ、彼女は何かを作ったりする才能が高いようで、今はまだ初心者で知識も浅い状態だが、成長すれば必ず飛行船開発の役に立つはずだ」

「はぁ……つまりわしに人材の育成をせいという話か？　しかも、初心者で知識が浅いという事は、一から全部教える必要があると」

「そうなるな」

「飛行船開発で忙しいっちゅうに、そんな暇はない……と言いたいところやが……使える人材が欲しいとちょうど思っとったのも事実や。確かにわしは天才やが、一人では作業が難航する時もある。郡長さんの言う通り、その女に本当に才能があるなら、育ててもいい。本当に才能があるなら」

試すような目つきでシンは私を見てきた。

「間違いなく才能がある。私が保証しよう」

私は即答した。

今更自身の鑑定スキルに疑いを抱くことはない。

「なら雇ったる。わしの力を見抜いた郡長さんの眼力を信じるで」

とりあえず話はまとまった。これからどうなるかは、エナンとシン次第だろう。保証した手前、才能を発揮してくれないと困るが。

「新入り、お前名前はなんというんや」

「え……あ、エ、エナンと申します……え、とこの小さいお方が、シンさんでしょうか？」

「誰が小さいお方や!!」

小さいと言われた直後、シンは顔を真っ赤にして怒った。

背の低さを気にしているようだ。

「あ、も、申し訳ありません！　工房の主ということで、もっとムキムキの人を想像していたので、思ったより可愛らしい方だったので」

「か、可愛らしいやと⁉」

またも顔を赤くしてシンは怒った。

何というか、うかつな発言が多い人だなエナンは……

もしかして、余計なトラブルを避けるため、口数が減っていったのかもしれない。

「おい、この女本当に大丈夫なんやろな」

「……多分」

「多分って何や多分って……まあ、ええわ、しばらくは面倒見たる。駄目やったら、アルス様のところに送り返したるからな」

〇

「全然だめだ！　遅すぎる！　勝てる戦も勝てなくなっちまうぞ！」

兵舎にトーマスの怒声が鳴り響いた。

カナレ城のすぐ近くには、大勢の兵士が、戦に備え訓練を積みながら生活をしている大規模な兵舎が建てられている。

トーマスはカナレに来て、兵の訓練を任されてから、カナレの兵舎で訓練を行いながら兵と共に生活をしていた。

彼の指導は非常に厳しい。

リーツも決して優しくはなかったが、それ以上に厳しかった。

見た目もかなりごつく背丈も非常に高いので、兵士たちは恐れを抱いていた。

もっとも、訓練を行う立場として、兵士たちになめられるのが一番まずい事なので、意図的に恐れられるような態度をトーマスはとってはいた。

（……やはりカナレの兵の練度はかなりたけぇな）

言葉で罵声を飛ばし続けるのとは裏腹に、心の中ではトーマスはカナレの兵たちを高く評価していた。

（あのリーツというマルカ人が今まで訓練をしていたらしいが……ここまで鍛え上げたのか）

トーマスは、兵を鍛え上げたリーツの能力の高さに感心していた。

引き続き兵たちの訓練をしていると、突如、ドォン!!　という爆発音が鳴り響いた。

兵舎の隣には、魔法訓練所という魔法兵が訓練を行う施設があった。魔法兵は通常の兵とは、仕事が大きく異なるので、普段は別々に練習を行っていた。月に数回合同で訓練を行う事もあった。

「しかし、すげぇなシャーロット様の魔法は……」

「いや、もしかしたら新人のムーシャって子の魔法かもしれないぞ……あの子、この前の防衛戦以来急成長しているらしいからな……」

「そこ！　くだらねぇこと喋っててんじゃねぇ！」

「「は、はい!!」」

魔法兵の様子を見て私語をかわしていた兵士たちに、トーマスは檄《げき》を飛ばした。兵士たちは慌てて訓練を再開する。

（先のベルツドでの戦では、クラン軍の魔法兵の力量を見誤っていたことが敗因の一つとなった。特にあのシャーロットの魔法は脅威と言うほかなかった……）

トーマスは、ベルツドでクラン軍に敗戦したときのことを思い出す。

（リーツにシャーロット……どちらもミーシアン州……いや、サマフォース全土でも中々いない有能な人材。ほかにもロセルはまだガキで未熟なところもあるが、驚異的な頭脳をもってやがる。ほかにも辺境の小規模な郡とは思えないほど、カナレには人材が揃《そろ》っていやがる）

人材を揃えるという事が、どれほど難しいか知っているトーマスにとって、それは異様な光景であった。

トーマスは、アルカンテスの牢でミレーユに囁かれた言葉を思い出した。

「アタシが今仕えている子は、面白い子でね。いずれミーシアン、いや、サマフォースを統べる男になるかもしれない。アンタが気に入らないクランにもそのうち勝っちまうと思うよ。一度会ってみないかい？」

その言葉を言われたときはほとんど信じていなかったし、実際アルスと面会したときも、それほどの器の持ち主とは、初見では思えなかった。

（この人材たちをアルスが集めたのだとしたら、確かにあいつの言葉もあながち嘘ではなかったっつうことか……）

アルスの評価をトーマスは改め始めていた。

（もしかしたら先の戦の敗戦も、アルスの存在が大きかったということか……？　となると、バサマーク様の仇《かたき》の一人という事になるな……）

そう考えたが、すぐにそれは違うと思い直す。

（確かにアルスの力は大きかったかもしれねーが、あくまでクランの命で動いていただけだろう。やはりバサマーク様の仇は、処刑命令を下したクランただ一人だ。

それに……俺がクランに仕えねぇのは、バサマーク様がクランには州総督になる器がないと、否定をなさったからだ。総督の器にない者に仕えるつもりなど毛頭ねぇ）

トーマスは前主、バサマークの言葉を心の底から信じていた。

（もしアルスがそこまでの器なら……いずれクランと衝突するかもしれねぇな。アルスが野心を見せて反乱を起こすのではなく……クランがアルスを扱いきれなくなっちまうだろう。仮にそうなれ

ば、俺はアルスの味方をする）
トーマスは、自分とアルスの今後を予想した。
（まあ、あくまで仮の話だ。今はどうなるかは分からねぇ。しばらくは、このまま兵たちに訓練を付けておくか）

○

「アルス、おはようございます」

朝、目覚めた直後、私はリシアにそう囁かれた。

「……おはようリシア」

夫婦になったので、毎日一緒のベッドで寝ているのだが、未だに寝起きにリシアの顔を見ると、ドキッとしてしまう。

リシアは美少女なので仕方ないのだが、いい加減慣れる必要があるな。

その後、私たちは二人で朝食を取った。

「カナレの町もますます活気づいてきましたわね」

「ああ、私がこの町に初めて来たときとは、大きく変わった」

朝食中、リシアと雑談を交わす。

カナレの様子は毎日見ているが、日に日に活気が増していっているように見えた。

戦が終わったからというだけでなく、内政面で上手くいっているからかもしれない。

リーツの報告によると、新しく家臣になったヴァージは結構いい働きをしているようで、持ち前の口の上手さで、領民たちを上手く説得し、新しい事業を開始しやすくしてくれているらしい。

カナレを発展させるための政策を考えているのは、リーツやロセルたちだ。的確な政策を考えてくれているため、後はそれを上手く実行するだけだったが、マルカ人ということで領民の中にもまだよく思わない者もいるリーツや、口の上手さではまだ未熟なロセルでは、上手くいかないこともあったが、ちょうどヴァージがその弱点を埋めてくれたようだ。

リシアと朝食を取り終わったら、執務室に向かいつつ色々な報告に目を通す。

悪い報告はほとんどなかった。

人口が増えたとか、景気が良くなっているようだとか、シンの研究も順調に進んでいるようだとか。

その中で、一つ気になる報告があった。

「サイツに不審な動きあり……」

ファムからの報告だった。

一度カナレに攻めてきたサイツ州だ。戦力をだいぶ消耗しているとはいえ、警戒を怠ることは出来ない。

そのため、シャドーを派遣し、情報などを逐一報告してもらっていた。

報告によると、サイツは武器を増産したり、ほかの州から魔力水を買ったりと、戦力の増強を始めているらしい。

前回の戦では大敗を喫したのに、また懲りずに攻めてくる気だろうか？　それとも、ミーシアン統一がなされたので、逆に侵略されるのを警戒して戦力増強を早めているのだろうか。

恐らく後者の確率の方が高いと思うけど、でも確信は出来ないな。

戦後、カナレはあまり軍事力強化はしていなかった。

サイツはしばらく脅威ではないと、経済発展や飛行船開発の方に資金を投入してきた。だが、そろそろサイツへの警戒を高めて、軍事力を強化すべき時が来たのかもしれない。

リーツたちに相談しないとな……

私がそう考えていると、ちょうどリーツが執務室に報告にやってきた。

「おはようございますアルス様。実はお耳に入れたいお話がありまして」

リーツは少し慌てた様子だった。

相談したいと思っていたが、今は止めてリーツの話を聞くか。

「実は傭兵団《ようへいだん》がこの町を訪れておりまして、ローベント家と契約をしたいと申し出てきております」

「傭兵団……それはシャドーの様な者たちではなく、兵力として戦ってくれる傭兵ということで間違いないな」

「はい。中規模な傭兵団で、団員の数は二百程度です。あまり有名ではないので実力に関しては僕には分からないのですが、アルス様なら見抜くのは容易いと思われます」

丁度軍を強化しようと考えていた時に、傭兵団が訪れるとは。ちょうどいいと言えばちょうどいいタイミングだ。

「シャドーの報告にはすでにお目を通されましたか？」

リーツが尋ねてきた。

「ああ。サイツで妙な動きがあるらしいとか」

「はい。妙な動きというだけで攻めてくるとは限りませんが、いざという時のために備えはしておくべきでしょう。カナレでは人口も増加し、兵力もそれに伴い増えておりますが、それでも十分な軍事力があるとは言い難いです」

どうやら私が相談しようと思っていたことは、リーツも考えていたみたいだ。

「私も戦力の増強は必要だと思っていた。その傭兵団にまず会って雇うかどうか決めるか」

私が会うと返答した後、すぐに傭兵団の団長と面会することになった。

リーツが傭兵団の団長をカナレ城の中に案内してくる。

屈強な体の三十歳前後の男が入ってきた。

髭面《ひげづら》で、顔立ちもかなり濃ゆい。

ぱっと見では強そうに見える。

もちろん本当に強いかどうかは、鑑定をしてみないと分からないが。

「傭兵団グランドールの団長、ウルバート・セオンだ。よろしく」

表情を変えずに男は言った。

私も挨拶を返す。

そのあと、ウルバートは傭兵団としての実績を説明し始める。

何の戦いに参加したとか、どのくらいの活躍をその戦いでしたとかだ。

本来ならこの実績を聞いて、傭兵団としての実力を判断するのだろうが、私には鑑定スキルがある。団長であるウルバートの能力を見れば、ある程度傭兵団の強さを測ることができるだろう。仮に兵の質がほかより高くても、指揮するものが駄目なら、強くはないだろうからな。

話は半分聞き流して私はウルバートを鑑定してみた。

現在値が統率が65、武勇が71、知略55、政治45。

限界値とは大きな差はない。

適性も特別優れたものはなかった。

別に無能というわけではないのだが、リーダーとしては特に秀でているわけでもなさそうだな。

彼の部下に能力が高い者がいる可能性もあるが、その者が傭兵団のリーダーになるわけではないし、彼の率いる傭兵団は特別強力な存在とはならないだろう。

まあ、だからといって要らないというわけではない。

戦いは質も大事だが、やはり数が一番重要だ。

味方の足を引っ張る無能なら、流石に要らないが、能力的には無難な物は持っているし、契約する価値はあると思う。

あくまで値段次第ではあるが。

高すぎる場合は、契約は見送った方が良いだろう。

「契約金はいくらになるだろうか」

「こちらから提示する金額は一月金貨十五枚だ。金とは別に食料や住居も提供してほしい」

「十五枚か」

最近好景気で税収は上がってはいるので、出せない金額ではない。

確か兵が二百人くらいはいたはずなので、一月金貨十五枚はそこまで高くはないような……ただ、食料や住居は別に用意との話と考えると、払い過ぎの様な気もする。

「アルス様、少しいいですか？」

横で話を聞いていたリーツが、小声で話しかけてきた。

「彼の能力はどうでしたか？」

「悪くはないが、特筆して高くはなかった」

「そうですか……となると、今回は見送った方が良いと思います」

「そうなのか？　兵力の増強は必要なのではないか？」

「増強すべきというのは間違いありません。しかし、傭兵団は何も一つだけではありませんから」

「ほかにも傭兵団が来るということか？」

「はい。今、カナレは傭兵団からすると売り込みやすい相手だと思われていると思います。景気が上向きで金を持っていそうであり、あまり仲の良くないサイツ州との州境にある郡ということで、戦が起こる可能性も高そうである。二つの要素を考えると、ほかの傭兵団が近いうちに売り込みに来ても、不思議ではありません」

「なるほど……」

そう言えばリーツは昔傭兵団に所属していたんだったな。

この辺の傭兵事情にはかなり詳しいのかもしれない。

ここは素直にリーツの話を聞いていた方が良さそうだな。

まだほかに傭兵団が来るというのなら、焦って契約する必要もないだろう。

「済まないが今回は契約は見送らせてもらう」

「……そうか。一週間ほどこの町に滞在するつもりなので、気が変わったら言ってくれ。ラーベクという宿屋に宿泊している」

私の返答を聞いて、ウルバートは少し残念そうな表情を浮かべた後、そう言ってカナレ城を後にした。

それから、家臣たちと再度話し合ったが、今回は見送った方が良いという結論は変わらなかった。

○

数日経過。

リーツの予想した通り傭兵団がまたやってきた。

しかも、同時に三組ほどだ。

リーツの読みは完全に正しかった。流石と言うべきか。

人数の規模は、最初にきた傭兵団グランドールよりどれも小さく、五十人程度だった。

契約金も人数が少ないので、その分安めだった。

最初の二組の団長を鑑定した。

そこその能力は持っていたが、やはり飛びぬけて強くはない。まあ、そこまで優秀な傭兵団なら、すでに名前が売れているだろうからな。まだ、名前は売れていないけど、能力は高い、という傭兵団はそうそうないだろう。

と思いながら私は三組目の鑑定を行った。

「傭兵団バングルの団長、ロック・シードルです」

整った顔のオールバックの男だった。

年齢はまだ若そうである。

私はロックを鑑定した。

ロック・フランバルト　27歳♂

・ステータス

統率　77／85

武勇　63／70

知略　69／73

政治　55／62

野心　50

・適性

歩兵　B

騎兵　A

弓兵　C

魔法兵　D

築城　C

兵器　D

水軍　D

空軍　D
計略　B

結構いい能力値だ。名乗った姓と鑑定の姓が違うのが気になるが。

まあ、名の方は一緒なので、そこまで不思議な事ではないかもしれない。姓は家庭の事情とかでも変わるものだ。シャドーの者たちなど、鑑定名と名乗った名前が全く一致しなかったからな。

この能力値なら有能といっていいだろう。

特に統率の限界値が85もある。これは中々見ない数値だ。

統率力の高い者に率いられた部隊は当然強くなる。

まだ五十人程度の比較的小規模な傭兵団ではあるが、ポテンシャルは高そうだ。

それから、能力だけでなくロックがどんな人間かも鑑定してみた。

出身は、アンセル州みたいだ。帝都がある州である。

アンセル北西にある、バングル郡出身だそうで、傭兵団の名前はそこからとっているのだろう。

それ以外に特に変わったところはないが、やたら兄弟が多いのが気になった。

兄が五人、弟が一人、姉が二人、妹が三人いるらしい。ロックを含めると十二人兄弟ということになる。

兄が二人、妹が一人、すでに他界しているようだ。

結構変わった家庭で生まれたようだ。

彼が名乗った姓と、鑑定で表示された姓が異なっていたのと、もしかしたら関連性があるかもしれない。子供が多すぎたので、他所の家に養子に出されたとか。

まあ、何にせよ特に問題視すべき事情がある感じじゃない。

そのあと契約金について尋ねた。

月金貨五枚とそれほど高い値段ではなかった。

その程度の値段なら、雇うことも全然可能である。

この人材を逃すわけにはいかない。

「金貨月五枚なら出せる。ぜひ、あなたの傭兵団と契約をさせて欲しい」

「……契約してくださるのですか？」

ロックは嬉しいというより、困惑したような表情を浮かべた。

「あ、いや、失礼いたしました。あまり実績のない傭兵団でしたので、各地で断られ続けており……本当に契約していただけるのなら、誠に嬉しいです」

実績があまりないのか。それにしては、ロックの能力値は高いけどな。

結成したばかりの傭兵団なのだろうな。

「契約が続く限り、ローベント家のため我が剣を振るうことを誓います」

深々と頭を下げてロックは宣言した。

なんと言うか、あまり傭兵っぽくない振る舞いだ。

いやまあ、傭兵団の中にも、貴族崩れの人とかもいそうだし、一概に言うのも間違っているかもしれない。

「よろしく頼む」

こうして傭兵団バングルと契約を結ぶことになった。

○

傭兵団バングルを無事採用した。

ほかにもいくつか傭兵団は来たのだが、採用を検討しようと思うところは少なく、結局採用したのはバングルだけだった。

傭兵団バングルは、カナレ郡の西側、サイツ州の近くに配属することにした。

サイツ州はまだ大人しいが、そろそろちょっかいを出してくるかもしれない。警戒は強めておいたほうがいい。

それに州境付近の治安が悪化し始めている、という理由もある。

戦争で敗色が濃厚になると、兵士たちの士気が下がり始め、やがて脱走するものも出始める。脱走兵達は、場合によっては野盗になる。

元々大軍だったサイツは、脱走した兵の数もかなり多いので、野盗の数が非常に多くなった。

サイツとの州境にあるカナレ郡にも、野盗が流れてきていた。

治安の維持のためにも、傭兵団バングルは西側に置いたほうが都合が良かった。

きちんと戦功を挙げてくれることを期待しておこう。

二章　ブラッハムの成長

それから数週間経過。

傭兵団《ようへいだん》バングルは早速、野盗退治で戦功を挙げたらしい。

この数週間、人材発掘をしており、魔法に長けた人材を、運良く十人発掘出来た。

馬適性が高い者も中には二人いた。まだまだ、魔法騎馬隊の編成には遠いが、一歩一歩近づいてはきている。

さらに近接戦闘に長けたものを十二人発掘。

ブラッハムの精鋭兵部隊に配属した。

この部隊は、ブラッハムのポテンシャルの高さを見ると、もしかしたらミーシアン州全体でも、指折りの強力な部隊になる可能性を秘めている。

まだまだ、隊長の力量が足りていないのだが。

とにかく短期間で結構な傭兵を雇ったり、人材をたくさん獲得したりしたので、しばらく人材発掘は休止することにした。

一気に増え過ぎても、財政的にもあまり良くない。

新しく入った人材を育成する必要もあるので、数が多すぎると、その効率も悪くなる。

もちろんまだまだ必要な人材は多い。

休むとして一、二ヵ月程度になると思うが、ここで小休止することに決めた。

ただ、鑑定をしないとなると、私のやることはかなり少なくなる。

領地の運営などは、家臣たちにだいぶ任せている。今更手伝うと言っても、足を引っ張りかねない。

とはいえ、何もせずのんびりしているわけにはいかない。

何をするか考えた末、私はこの世界についての勉強を再びしてみようと思った。

勉強は幼い頃からやってはいたが、最近疎かになっていた。

家臣たちには知識が豊富な者も多い。今更私が知識を詰め込んでもそれほど大きな意味はないかもしれないが、やはり領主として無知すぎるのは良くない。

勉強に関しては今まではリーツが教えてくれていた。

ただ、流石に忙しくなったリーツにそれは頼めない。

ロセルも自分の勉強や研究などで忙しそうだ。時間を取らせるわけにはいかない。

一人で勉強してもいいが……誰かに教えてもらいながら勉強した方が、捗《はかど》るのは間違いない。

まあ、でもほかに思いつかないし、一人でやるか。

私はそう決めて、書物室で一人で勉強することに決めた。

○

「今日は鑑定はお休みになって、勉強をなさるんですよね」

朝、部屋を出る前、リシアがそう質問してきた。

「ああ、領主として遊んでいるわけにいかないからな」

私は頷《うなず》いてそう返答した。

「良ければわたくしもご一緒したいです。わたくしも、領主の妻として、もっと色々学ばなければいけませんし」

リシアはやる気に満ちた表情でそう言った。

彼女と一緒に勉強できるのは、私としても嬉《うれ》しい。特に断る理由もなかったので、

「分かった。私もリシアと一緒に勉強できるのは嬉しいし」

と返答した。

それから二人で書物室へと向かう。

その道中。

「あ、アルス様とリシア様、おはようございます！　今日はいい天気ですねぇ。こんないい天気は外で運動でもしたい気分ですが、生憎今日は書類の整理などをしなければならず残念です！」

おしゃべりな男、ヴァージと出くわした。

「そ、そうか。頑張ってくれ」

「そう言えば、鑑定は今日はお休みするんでしたね。今日お二人は何をなされるのですか？」

「書物室で勉強でもするつもりだ」

「へぇ、感心ですね！　あ、そうだ！　お勉強されるなら、講義室に行ってみるといいですよ！　最近、トーマスさんが勉強会を開いているらしくて、ためになるお話が聞けるかもしれませんよ。ちょうど今くらいの時間にやってたはずです」

「トーマスが？」

「はい！　知識量を増やすのも訓練の一環ですからね！　まあでも、勉強会に参加しているのは全員じゃなくて、兵を率いる立場にある人たちだけみたいですけど。アルス様たちなら参加を断られることはないと思います」

初めて聞いたが、確かに単純な戦闘力を磨くだけでなく、勉強するのも重要ではあるだろう。どんなことを教えているかは分からないが、トーマスは頭もいいので色んなことを知っていそうだ。

とにかく一度行ってみるか。

私はリシアを見る。彼女は軽く頷いた。リシアも行ってみたいと思ったようだ。

「教えてくれてありがとう。早速行ってみる」

○

カナレ城、講義室。

ヴァージの言葉通り、講義室ではトーマスの勉強会が行われていた。

「参加するのは別に構わないが……ちょっとやり辛ぇな」

参加したいと申し出たところ、一応ＯＫはもらった。

まあ、心から歓迎されているというわけではなさそうだが。

講義室はそれなりに広く、百人近くは座れそうだが、ここにいるのは数十人だった。

私の右隣の席にはリシアが座っている。

結構気合の入った表情だ。やる気があるのだろう。

今回の勉強会で役立つ知識を教えてもらえるかは、まだ分からないが、私も彼女を見習わないと。

私の前の席にはブラッハムがいる。彼は精鋭部隊を率いているが、頭脳の方はまだまだなので、率先して勉学に勤しむべきである。

ただ、当の本人は戦闘訓練をしたいようで、「なぁ、こんな事しないで戦闘訓練しませんかぁ？」とトーマスに抗議をしていた。

「わがまま言ってると怒られますよ……！」

ブラッハムの横の席に座るザットが、ブラッハムを慌てて嗜《たしな》める。

ザットはブラッハムのサポートをする役目をさせているが、それが原因で心労が絶えないようだ。

「カナレには見込みのある奴は多いが、あまりにも教養に欠ける奴が多い。指揮する立場の者として勉強はして当然だ。大人しく受けやがれ」

ブラッハムの言葉を聞いていたトーマスは、毅然《きぜん》とした態度でそう言い放った。

教養不足なところは間違いないだろう。

身分を問わず採用しているので、平民出身の者も多い。いくら才能があるとはいえ、貴族生まれと平民生まれでは教養には差が出てしまう。このように教えれば問題はないのだが。

「確かにブラッハムとかはもっと勉強しないと駄目だよね」

とそんなことを言っているのは、私の左隣に座っているシャーロットだ。

どの口で言っているんだと、心の中で突っ込む。

ちなみにシャーロットは元々サボるつもりだったが、私とリシアが参加するのを見て、自分も勉強会に出ると言い出した。

相変わらずマイペースなやつである。

ちなみにシャーロットの左隣には、ムーシャが座っている。

彼女は真面目なので、最初から参加する気だったようだ。

「ブラッハムとお前が特に勉強しないといけねぇんだよ」

トーマスが、シャーロットに容赦なく指摘した。若干イラついているような表情である。

「な、何？　わたしも勉強しないといけないの？　こう見えて色々知っているんだぞ」

「ほう？　じゃあ、問題だ。ミーシアンのカナレ郡以外の郡を全て答えろ」

「………えーと、あの海があるところ……セ、センプランだっけ？　あとはアル……アル……アルカンテラ？」

「センプラーとアルカンテスだ……ミーシアンの州都すら知らんのかお前は」

「そんなん知らなくても戦には勝てるし！」

シャーロットは堂々とそう宣言した。

実際ベルツド防衛戦でシャーロットに痛い目に遭わされているトーマスとしては、反論の余地がないようで、少し言葉を詰まらせた。こんな奴にやられちまったのか、と言いたげな表情でトーマスはシャーロットを見る。

「知識不足じゃ痛い目見る時がいずれ来るかもしれねぇだろ。お前、魔法の属性とか全部知ってんだろーな」

「当たり前でしょ」

トーマスに聞かれてドヤ顔でシャーロットは喋《しゃべ》り始める。

「炎を起こすやつと水を起こすやつ。それから光とか灯すやつ。えーと、あと爆発させるやつもあったね。それから土とかのやつもあった。あ、音鳴らすやつもあったじゃん！　うーんこれだけかな」

「まだまだあるに決まってんだろ！」

「えー⁉」

「魔法の属性ってのは全部で二十種類あると言われている」

そう言って、トーマスは魔法の種類を書き始めた。

音、炎、水、影、爆発、鋼、力、雷、闇、土、光、回復、氷、風、呪、時、幻、精神、木、知。

一応私も勉強したので、全部知ってはいた、はずなのだが、だいぶ前の話なのでいくつか忘れている属性があった。

「そんなにあるのか。でも私は五つくらいしか使ってないんだけど」

「全属性をミーシアンで利用出来るというわけではない。魔法の利用には魔力水が必要だ。魔力水の原料は魔力石と呼ばれる鉱石で、州によって採れる魔力石と採れない魔力石がある。ミーシアンだと爆発の魔力石だな。独占している魔力石は他の州に流さないよう、どの州も厳重に取り締まっている。ちなみに二十種類とは言ったが、実際はもっと多いと言われている。存在自体が隠されていて、情報が出回っていない属性もそれなりにあるだろうな」

最後は初耳だった。

もしかすると、ミーシアン総督家しか知らない属性などもあるのだろうか。

　しかし、そんなのがあるなら、前回の戦でクランかバサマークのどちらかが使ってそうなものだが。そこまで強くないなら、秘密にする必要もなさそうだし……ないのだろうか？

「それぞれの魔法石はどの州が独占しているんですか？」

　そう質問したのは隣にいたリシアだ。

「ミーシアンは爆発で、サイツは鋼だ。前回の戦いでは使ってこなかったみたいだな。防衛向けの魔法が多いから、攻めの時には使わなかったんだろう。パラダイルは回復。アンセルは時と精神、シューツは呪。ローファイルは、幻と力、キャンシープは氷と知だな」

「残りの十個は独占ってわけじゃないんですか？」

「ああ、ただ、全ての地域でも採掘出来る魔力石ってのはない。地域によって採れたり採れなかったりだな。ミーシアンでは雷と木はさっぱり採れねぇからな」

　リシアは興味深そうにトーマスの話を聞いていた。

　彼女は凄く勉強熱心だ。逆に魔法に詳しくないといけないはずのシャーロットは、いつの間にか机にうつ伏せになって寝息を立てていた。シャーロットにはリシアを見習って欲しい。

　トーマスは寝ているシャーロットを見て、怒るより呆《あき》れてため息をついた。

「まあ、そいつには無駄に知識とかは入れないほうが逆にいいかもな。代わりに隣のお前！　ムーシャだったか？」

「ひゃ、ひゃい⁉」

シャーロットの左隣で真面目に話を聞いていたムーシャをトーマスは指名した。トーマスの鋭い眼光で見つめられ、ムーシャは緊張し体を強張らせている。

「お前が知識を身につけて、シャーロットをサポートしろ。魔法部隊の副隊長としてな」

「は……え？　副隊長⁉」

「何を驚いている」

「そ、そりゃ驚きますよ！　私なんか新米ですよ！　副隊長なんか務まるわけないですよ！」

「腕は二番目に良いじゃねーか。今は違うかもしれないがいずれそうなるから、今から勉強はしておけよ」

「え、えええええ⁉」

突然副隊長になると宣告されて、ムーシャは驚いていた。

まあ、順当に行けばいずれそうなるだろう。

才能は高く、現時点での実力も急成長している。

性格も真面目で勤勉だ。シャーロットがこんな性格なので、近くにしっかりした性格のムーシャがいるのは、頼もしい。隊長であるシャーロットも、ムーシャの事を気に入っているようだし、反対をすることはないだろう。

軍の人事はリーツが決めている。

最終的な決定は私がするのだが、反対することは基本ない。なのでリーツ次第ではあるが、彼もムーシャのことを高く評価しているので、経験をもっと積めばいずれそうなりそうだ。

魔法についての授業は一旦終了した。

ムーシャは勉強しておけと言われ、「魔法の練習もしないといけないのに……」と嘆いていた。

それから先は、戦の際の戦術や陣形に関することをトーマスは教えてくれた。

戦に関してはある程度家臣たちに任せるつもりではあるが、自分でもどんなことをすればいいのか知っておきたいので、きちんと真面目に聞いた。

私が真面目に聞くのはある意味当然だとは思うんだが……

「なるほど、音魔法で指示を出して……」

なぜかリシアが真面目にトーマスの話を聞いていた。

「えーと……リシアが戦について知っておく必要あるか？」

「む……何を仰います！　いざという時は郡長の妻として、兵たちに指示をしないといけないでしょう！」

私がリシアに尋ねると、軽く怒ったような口調で返答してきた。

いざという時と言うが、そんな状況あるだろうか？　疑問には思ったが、もっと怒られそうなので、口を噤《つぐ》んだ。

「そ、そうか。リシアは勤勉で頼りになるな」

「えへへ、そう言われますと照れますわ」

私がそうほめると、頬を赤く染めてリシアは照れていた。世界一可愛い表情だった。

「こういうことは教わったことがなかったので、勉強になりますわね。また一緒にお勉強しましょうね」

「そうしよう」

私は頷いた。

しばらくして、トーマスの授業は終了する。

「よーし、終わったー」

背伸びをするシャーロット。

結局ほとんど聞いてなかったのに、なぜか一丁前にやり切った感を出していた。

シャーロットの横で、必死に勉強したためかムーシャがぐったりしていた。あの子は苦労するタイプかもしれない……まあ、シャーロットの性格が変わることはなさそうだし、支える人は絶対に必要だから仕方ないか。

「訓練行くかー」

「はい」

ブラッハムとザットが気だるそうに立ち上がり、部屋を出ていく。

ザットは真面目に聞いていたが、ブラッハムは結局不真面目なままだったな。

後ろから見てても明らかによそ見しながら聞いてたし。

トーマスも、ブラッハムがちゃんと話を聞くとはあまり思っていないのか、諦めていたようだった。うーん、知略は前よりかはマシにはなったが、現時点で鑑定する限り、まだ31だ。統率も59とちょっと上がったが、まだ大軍を指揮させて良いような数値じゃない。

武勇は相変わらず高いので、勉強して欠点を改善できればいいんだが……

ブラッハムと同じく勉強はあまりやらないシャーロットは、知識などなくても圧倒的な魔法の力で戦局を変える力があるし、何だかカリスマ性みたいなものがあるので、魔法兵もしっかりと彼女の命令には従う。

ブラッハムにはそういうのがあるわけではないし、きちんと戦術を勉強しないと、一番の長所である統率も伸びないだろう。

こればかりは本人がやる気を出さないとどうしようもない。

無理やりやらせて、機嫌を損ねたら別の領地に行くとか言い出しても不思議ではないからな。ブラッハムほどの逸材をここで逃すのは惜しい。

見守るしかないか。

私もリシアと一緒に講義室を出ようとして、トーマスの近くを通りがかった時、リシアが、

「今日はとても参考になりました。次回が楽しみですわ」

と挨拶をした。

「次も来る気かよ……まあいいけどよ」

少しだけ驚いたような口調で、トーマスは返事をした。

「もしかして迷惑だったか？」

「いや……ちょっとやり辛かったが、迷惑ってほどでもなかったな。むしろシャーロットとかが、ちゃんと来たからそこは助かった」

「それなら良かった」

シャーロットは出席したと言っても、真面目に聞いてはいなかったようだが。

それでも来ないよりかはましか。

「ちょっと聞きたかったんだが、ブラッハムはどういう経緯でカナレにいるんだ？」

「ブラッハムか？　ベルツド戦で勝利した後に、捕縛した敵将たちを鑑定したんだが、その中で優秀だったから登用したんだ。最初はクラン様の家臣として推挙したんだが、本人の希望でカナレに来ることになった」

「優秀なのかあいつが……戦いの腕は確かだがな……奴がベルツドにいた時は、悪い話しか聞かなかったぜ」

「ここに来る前から、ブラッハムの事は知っていたのか？」

「ああ」

トーマスは首を縦に振った。

ブラッハムは、そんなに重要な任務は任されていなかったようなので、少なくともベルツドにいたころは有名な存在ではなかったと思っていたが。

「ベルツドでは悪い意味で名前は知れた奴だった。単純な戦闘力は高いが、頭は弱く、戦での活躍は計算出来ないようなやつだったってな。たまに大戦果を挙げるのと、奴を慕う兵も結構いたから一応兵を率いらせてはいたようだがな」

「そうか、妙な知名度があったんだな」

「確かに思ってたほどの馬鹿ではないようだが、奴に才能ねぇ……本当にあんのか？」

「それは間違いない。ブラッハムはいずれサマフォース帝国内でもトップクラスの名将になるだろう」

ブラッハムの統率の限界値は１０２。

リーツやミレーユよりも高いのである。今まで何人もの人材を鑑定してきたが、未だにブラッハム以上は見た事がない。

順調に育てば、最強の武将となり得るかも知れない。

「名将ねぇ……そんな器かよあいつが。まあ、先になれば分かる事だな」

トーマスは全く信じていないようだった。

あの馬鹿っぽい姿を見て、名将になるなど信じろと言う方が無茶かもしれない。

実際、今の様子を見ていると確実に育つとは断言できないしな。

「じゃ、またな」

私とリシアはトーマスと別れ、一緒に部屋へと戻った。

○

ブラッハムはトーマスの講義を聞いた後、副官のザットと共に訓練場へと向かっていた。

体を鍛えるのが好きなブラッハムは、暇があれば訓練をしており、ザットはそれにいつも付き合わされていた。

「うーん」

ブラッハムは歩きながら、何かを考え込んでいた。

その様子を見たザットが、怪訝《けげん》な表情を浮かべる。

本来ブラッハムは悩んだり、考え事をするような性格ではない。

本能で生きているようなタイプの男である。

つい先ほどまで勉強をしていたとはいえ、それでも考え事をブラッハムがしているという姿は、意外なものであった。

「なあザット、戦術なんて勉強する意味があんのか？　強くなるには訓練するのが一番なはずだぞ」

歩きながらブラッハムはザットにそう質問した。

ザットはその質問を聞いた後、呆れた表情を浮かべて質問に答える。

「そりゃ必要ですよ。戦術を学べば戦には勝ちやすくなります」

「戦術なぁ……あんなん結局、卑怯《ひきょう》な手段で敵を嵌《は》めて勝とうって事だろ？　そんなんで勝っても嬉しくねぇぜ。やっぱり男なら正々堂々と戦って勝たねーとな！」

「……はぁ、でもちゃんとした戦術があれば勝った場面で負けたら、元も子もないでしょ」

「負けなければいい！」

堂々とブラッハムは主張する。

「そりゃ負けなけりゃあ良いんですけどね……」

「む、俺が負けたことがあるとでもいうのか？」

「リーツさんには負けたって自分で言ってませんでしたか？」

「う……ま、まあ確かにリーツ先生には負けたが……あれは一対一での戦いだ！　俺が言っているのは戦での話だ！」

「ローベント家の家臣になってからは日が浅いので、負けてはないですけど……でも、確か隊長って、負けて捕らえられた後、ローベント家に仕えるようになったんですよね？」

「ぐ……」

全くの事実なので否定のしようがなかった。

ブラッハムはローベント家に仕える前、ベルツドでの戦のことを思い出す。

最初に頭に浮かんでくるのは、自身の華々しい活躍だ。

敵の半分以下の兵力ながら、自身が兵を率いて敵軍に一直線に突っ込んで行き、敵将の首をすぐに取った。それから、敵軍は瓦解、大戦果を挙げ、褒美を貰《もら》った。

その時の様子を思い浮かべ、ブラッハムはぐふふと笑みを浮かべる。その様子を見て、ザットは軽く引いた。

それから、何度か戦で活躍した様子を思い浮かべた。

「うむ！　やはり俺は負けてなどいない！　活躍をしまくっていたはずだ！　クラン軍との戦も、俺のせいで負けたわけではないしな！」

「都合のいい現実だけ思い出してないですか……？　失態も同じくらいしてそうですけど」

「失礼な！　そ、そんなわけあるか！」

ブラッハムは声を荒らげて否定する。

今までのブラッハムなら、ここで思い出すのをやめて、自分は活躍しかしていないと信じたまま終わるのだったが、カナレに来て少しだけ成長した彼は違った。

もう少しだけ考えてみて、自分の失態を振り返ってみた。

そうすると、次々に思い出してきた。

先鋒で突進したは良いもののあっさりと罠《わな》にハマり、自軍の敗北の要因になったり、命令を無視して自分の判断で突撃して、味方の足並みを崩したりと、色々やらかしてきた記憶が思い浮かんでくる。

「う……」

一つの可能性に思い当たり、ブラッハムは顔を青くした。

「なあ、ザット、多分間違っていると思うんだが……聞いていいか？」

「良いですよ」

「もしかして俺がベルツドで冷遇されていたのは、頭が悪いからだったのか？」

「多分そうでしょうね」

ザットは何当たり前のこと聞いてるんだと言うような表情で、ブラッハムの質問に即答した。

それを聞いてブラッハムは、口をポカンと開けて間抜けな表情をする。

「嘘《うそ》だろ？」

「いや、ベルツドの事情に関して、私は詳しくはないですが、それ以外の理由は考えられないでしょ」

「…………」

汗をダラダラと流しながらブラッハムは考えこむ。

「……ザット……今からさっき教えて貰ったこと復習するから、手伝ってくれねぇか？」

「分かりました」

ようやく自覚したのかと呆れたような表情を浮かべながら、ザットは頷いた。

○

私とリシアは次のトーマスの授業を受けた。

今日も戦術関連の授業だった。

トーマスは、流石バサマークの側近として働いていただけあり、戦術には詳しく、書物などに載っていないような、実戦的な戦術も教えてくれた。

まあ、実際に使うことになるかは微妙なところだが。

一応戦には出ることもあるだろうから、知っておいて損はないはずだ。忘れないようにしないとな。戦術以外のことも教える日があるようなので、出来ればそっちの方が聞きたいかもしれない。トーマスしか知らない面白い情報なんかもありそうだしな。

授業は特に問題なく進んだが、ブラッハムの様子が気になった。

最初来たときは不真面目でまともに話を聞いていなかったようだが、今日は真面目になっていた。ちゃんと分からないことはトーマスに質問するし、聞き逃したりせず真剣な様子だった。

真剣すぎてトーマスも戸惑っていた。

今までこんな様子になったことは見たことがなかったのだろう。

悪いことでは全くない。

武勇は良いが知略に難のあるブラッハムなので、真面目に勉強する気になったのは良い傾向と言えるだろう。

しかし、いきなりこんなに変わるとは……

「……ブラッハムに何か言ったのか？」

小声でトーマスが話しかけてきた。

「いや何も……」

「本当か？　なんでいきなりあんな真面目になんだよ。わかんねぇ奴だな。坊主がいるからアピールするために張り切り始めたとか？」

それなら私が来たその日から真面目にやってそうなものだが。

何か心境の変化でもあったのだろうか。

「気持ち悪いんだが、まあ、悪い傾向ではないな。思っていたより理解力もある」

ブラッハムはきちんと話さえ聞けば、理解力は決して低くはなかった。知略の限界値もそこそこの数値だし、地頭は悪くはないんだろう。

「腕っ節は確かだし、このまま戦というものを理解していけば、一端の武将にはなれるかもな。ま、サマフォース全土でもトップクラスってのは言い過ぎかもしれねぇーがな。ははっ」

最後にそう笑ってトーマスは去っていった。


それから数週間後。

私は毎日ではないが、何度か授業を受けた。

学生時代に戻った気分で結構楽しかったけど、でも流石にそろそろ鑑定で新しい人材の発掘を再開するべきなので、通うのはもうあと少しだけになるだろう。

ブラッハムは今でも真面目に授業を受け続けていた。

一日だけで終わるかもと考えていたが、ここまで続けば立派なものだろう。

ブラッハムは完全に心を入れ替えたようだ。

私は鑑定スキルで、ブラッハムを鑑定してみた。

ブラッハム・ジョー　17歳♂
・ステータス
統率　68／102
武勇　91／92
知略　45／61
政治　19／55
野心　88
・適性
歩兵　S

騎兵　Ａ
弓兵　Ｂ
魔法兵　Ｄ
築城　Ｃ
兵器　Ｄ
水軍　Ｄ
空軍　Ｄ
計略　Ｄ

こんな感じのステータスだった。

真面目に授業を受けた結果がすぐに出たようで、知略がだいぶ伸びた。だがそれでも、45はそんなに高くはないが。

統率は68と思ったほど伸びていなかった。

ただ、本来統率は実戦で実際に兵を率いることで伸ばすステータスだろうから、勉強しただけではそこまで劇的には伸びないだろう。少し伸びているだけでも十分だ。

68だとまだ大軍を率いるのは怖いが……

ただ、潜在能力があるのは確かなんだ。

今後実戦があれば、ブラッハムにもっと大勢の兵を率いらせても良いかもしれない。

とりあえず成長しているのは良いことなんだが、気がかりな点もあった。

「はぁ……」

基本いつも無駄に元気なブラッハムだが、真面目になってから何故か落ち込んでいるようだった。

真面目になったことと何か関係あるのだろうか。

一気に自分を変えたくらいだし、何か色々あったのかもしれない。

今のところ勉強しているのはいい傾向なので、見守っておこう。

○

カナレにある訓練所。

ザット・ブロズドは、上司であるブラッハム・ジョーと、五対五の模擬戦を行っていた。

魔法はなしで、それぞれが違う武器を持って戦闘を行う。

ザットとブラッハムは、それぞれリーダーとして、兵たちに指示を送っていた。

敵リーダーを戦闘不能にした方の勝ちである。

「……っく！」

ザットは苦戦を強いられていた。

一対一の模擬戦だと、ブラッハムは非常に強いので、たまにしか勝つことは出来ない。

だが、五対五となると話は別であるはずだった。

ブラッハムは単純な指示を出すことしかせず、さらに、リーダーを戦闘不能にすれば勝ちという条件なのに、自分で率先して攻撃を仕掛けてきていたので、ブラッハム対複数人で戦えば、戦闘を有利に進めることができた。

それでもブラッハム個人の力量が高いので、二回に一回くらいは負けるのだが、一対一の模擬戦に比べれば勝機はあった。

しかし、ここ最近のブラッハムは、以前に比べ冷静で、考えなしに自分で突っ込むことはしなくなっていた。

さらに、まだ間違えることも多いが、兵への指示も正確性が増してきている。

ザットは中々勝つことが出来なくなっていた。

「よし！　回り込め！」

「!!」

ザットは不覚にも自分の背後に隙を作ってしまい、そこにブラッハムの命令で兵たちが素早く回り込んできた。

対処しようとしたが時すでに遅し。挟み撃ちにされ、武器を落とされ、勝敗は決した。

「敵に背後を取られたら非常に不利になるから、取られないようにしないとな！」

「分かってますよそんなことは……」

勝った瞬間、ブラッハムは喜ばず、ザットにそう指摘した。

今までは勝つと子供のようにはしゃいでいたが、最近は勝った後も冷静である。

眉間に皺《しわ》を寄せ、考え込むような表情を浮かべている。

どうやら、自分なりに模擬戦を振り返り分析をしているようだった。

（しかし本当に変わってきたな。最初は何でこんなアホなガキの下に付かなければならないんだと思ったが……）

ザットはサマフォース各地を転々としながら、色々な経験をしてきた苦労人である。

十代前半の時、すでに一兵卒として戦に出ていた。

戦うと決めた理由は、単純に平民として一生を終えるのは、つまらないと思ったからだ。

その後、自分が所属していた隊の隊長が、率いた隊ごと軍から離脱し、気付いたら野盗みたいなことをするようになり、これはまずいと命からがらその部隊から一人で脱走。

その後、賞金稼ぎをやってみたり、傭兵になったりと様々なことを経験した。

乗り越えてきた修羅場の数も一つや二つじゃ済まない。殺した敵兵の数も、両手の指ではとても数えられないほど多い。仲間を亡くした経験も多い。様々な経験をした上で、ローベント家に仕官している。

精鋭部隊の副隊長というのは、今までの境遇からすると、かなり良いのは間違いないが、それを加味してもブラッハムの下で働くというのは、納得は出来ていなかった。

逆に納得出来ないことがモチベーションにもなっていた。

いずれ、ブラッハムの無能がバレ、自分が隊長になれるだろう、そう思っていた。

（……郡長様は人の才能を見極める力があるという話だったが、本当なのかもしれないな）

最初は半信半疑だったアルスの力を、ザットは信じ始めていた。

（しかしそれならば、最初ブラッハムの下に置かれた私は、奴より才能がないということに……となると隊長になることは出来ない……まあ、もし仮にブラッハムに凄い才能があるのなら、奴の下に付くのも悪い話ではない。部隊が多くの手柄を挙げれば、副隊長とは言えローベント家での地位は上がるであろうからな）

野心は高いザットであったが、頂点に立ちたいなど大きな欲はなく、ある程度高い地位を得られれば、それで満足であった。

（だが、ブラッハムの才能はそこまで高いのだろうか？）

ザットは、まだブラッハムの才能を完全に認めたわけではなかった。

「ザット……俺は成長できているか？」

不意にブラッハムがそう質問してきた。

「それはできていると思いますよ」

正直に質問に答えた。

「本当か？　リーツ先生やトーマス先生と比べて、今の俺はどうだ？」

「え？　いや、流石にそこまですぐには成長できないですよ」

「やはりまだ及んでいないか……」

悔しそうな表情を浮かべるブラッハム。

「俺は戦う事しかできない男だから、せめてそれだけは一番にならないといけないんだが……もっと頑張るしかないな」

ブラッハムは決意を決めたような表情で、そう言った。

（一番か……）

躊躇《ちゅうちょ》なく一番になると言い切ったブラッハムを見て、ザットは羨望のような感情を抱いた。

自分の限界というものを、生きてきてある程度知っていたザットには出ない言葉であった。

「よし、もう一回模擬戦だ！」

「またですか……」

すでに今日だけで五回は模擬戦を行っている。

休みもあまりないので、ザットは体力を消耗していた。

ブラッハムも同じくらい疲れているはずだが、かなり元気そうにしている。ブラッハムは疲れ知らずの男であった。

「分かりました。やりましょうか」

それから、ザットとブラッハムは何度も模擬戦を行った。

○

カナレ城。

今日は定期的に家臣たちを集め、会議を行う日だった。

「そろそろ、新規人材の発掘を再開したいと思うが、問題ないか？」

私は早速そう提案する。

「はい、問題ないかと思います。新しい人材を雇うゆとりはまだありますし。カナレも人口が増え始めたことに比例し、仕事もどんどん増えています。人手は欲しいところでした」

リーツが早速賛同した。

「アタシんとこにも、新しい人材寄越してくんないか？　最近ランベルクも人が増えてきて、面倒が増えてきたんだ」

とミレーユが発言する。

「ミレーユは領地経営的なことは、ある程度人に任せてるんじゃなかったのか？」

「いやいや、それが最近は面倒が増えてアタシも色々やる羽目になってんだよ。だから、何でもぱっぱと片付けてくれる優秀な奴が一人欲しい」

そう言えば最近カナレ城に訪問するペースが減っていた気がするが、そういうことだったのか。

「……別に何人か派遣する分には問題ないが」

「駄目ですよアルス様。ミレーユは自分が楽したいだけです。ランベルクを任せた以上、ミレーユが色々やるのが当たり前なんですから。今までサボってたのがおかしい。ミレーユが働いたうえで、それでも経営が困難なら話は違いますがね」

完全な正論をリーツは言った。

「こ、このまま仕事が増えたら、きつくなるかもしれないから、その時に備えて新しい人材を……」

「厳しくなったら改めて会議で言ってください」

「そ、そういえばー……やっぱアタシがいても経営厳しいかも、至急人材が欲しいなー」

「苦しい嘘はつかないでください」

見苦しい粘りをするミレーユ。リーツはミレーユの要求を、バッサリと切り捨てる。

「た、頼むよ坊や！　このままじゃ酒を気持ちよく飲めないんだよ！」

開き直ったのかミレーユは本音を口にした。もちろん本音を言ったからといって、甘い顔をするということはない。

「……ミレーユへ人材を回すのは後回しで」

私はきっぱりとそう言った。

ショックを受けたような表情をミレーユは浮かべる。

「むう、こうなったら、今ランベルクにいる奴らを徹底的にしごいてやるしかないか……」

と不穏なことをミレーユは呟《つぶや》いていた。

「ほどほどにしておいてくれよ……それで、ほかに何か報告などはあるか？」

私は話題を変えるためそう言った。

「それでは僕から……」

リーツが報告を始める。

「最近カナレ郡内に、野盗が侵入してきまして、被害が数件報告されています。早急に対処する必要があります」

「野盗？」

「はい。元サイツ軍の兵士を中心に構成された野盗たちで、素人の野盗集団とは兵一人一人のレベルが違います。さらに数も多いです。なめてかかると痛い目に遭う可能性が高いので、きちんとした部隊を動かして討伐に当たる必要があるかと」

基本的に野盗が領内で問題を起こした場合は、すぐに部隊を派遣して対処する場合が多い。こういう会議でわざわざ議題にすることはないが、リーツが言い出したということは相当数が多い野盗なのだろう。

数が多いという事は、野盗を率いているリーダーも、只者《ただもの》でない可能性が高そうだ。確かになめてかかるのはまずそうだ。

そんな危険な連中を長い間放置しているわけにはいかない。

一刻も早く退治しなくては。

ミレーユやリーツなどの実力者に、それなりに大勢の兵を率いらせて対処するのが適切だろうな
……

いや、待て……

私は会議の場にいた、ブラッハムの姿を確認する。

いつもなら、こういう時は誰よりも早く退治しに行くと名乗るのだが、神妙な顔で私たちの話を聞いていた。

ブラッハムはここ最近真面目に勉強をしたおかげでだいぶ成長した。

だが、まだ物足りない。知略は伸びたが、統率の伸びがいまいちである。やはり統率は知識だけでなく、実戦をこなしていかないと、伸びないのだろう。

今のブラッハムは成長期に入っているような気がするので、積極的に実戦経験を積ませた方が良さそうだ。

精鋭部隊もだいぶ人数が増えてきたので、どのくらいの実力があるか試してみたくもある。

「野盗たちの討伐はブラッハムに任せたいと思うのだが、どうだ？」

「「「え？」」」

私の言葉に家臣たちが驚いてそう言った。

ブラッハム本人も驚いている。

「えーと……アルス様、なぜブラッハムに？」

リーツが戸惑ったような表情でそう尋ねてきた。

「最近、ブラッハムはだいぶ成長したし、厄介な相手とはいえ、勝てるはずだ。精鋭部隊の実力も見てみたいしな」

「しかし……ここは僕かミレーユが部隊を率いた方が……」

「リーツは忙しいだろ？　ミレーユも最近は仕事が多いみたいだし」

「そうだ！　余計な仕事を増やされちゃたまったもんじゃないよ！」

自分が討伐を任されそうになり、全力で拒否するミレーユ。

「別に良いんじゃないかい？　坊やが今のブラッハムならやれるって思ってるんでしょ？　じゃあ、やれるよ」

「確かにそれはそうですね……」

私の能力に関して信用があるのか、リーツがそれ以上反論することはなかった。

「ちょっと待ってください！　本当に俺でいいんですか⁉」

決まりそうになりブラッハムが慌ててそう言った。

今まで荒っぽい言葉遣いだったが、少しだけ丁寧な口調に変わっている。

「やりたくないのか？」

「いや、そういうわけじゃないんですが……」

迷っているような表情を浮かべるブラッハム。

基本的に自分の力量に自信を持っていた男だっただけに、この反応はおかしい。

やはり、心境に大きな変化があったのだろう。

ブラッハムは数秒無言だったが、その後、覚悟を決めたような表情で、

「分かりました。野盗退治、任せて下さい！」

と宣言した。

野盗退治をブラッハムに任せることが決定した後、会議は滞りなく進む。

今のところ野盗以外に大きな問題は発生していないようだ。

会議を終え、休憩するため自分の部屋に戻ろうと廊下を歩いていると、

「何で俺を野盗退治に抜擢《ばってき》したんですか?」

と声をかけられた。

振り向くとブラッハムが立っていた。

「お前なら出来ると思ったからだ」

「それがおかしいです! 最近勉強して気づいたんですが、今までの俺の戦い方はめちゃくちゃもいいところだ。大したことない野盗ならそれでも大丈夫だけど、今回は面倒な野盗なんでしょ? 俺が勝てるかどうか……」

その言葉を聞いて、ブラッハムの態度が変わった理由が分かった。

勉強することで、今までの自分の未熟さを知り、自信を失っていたんだな。

それでも、今回は最後引き受けるとブラッハムは言った。

成長したいとは自分でも思っているのだろう。

ここは何とか言葉で元気づけてやらないと。

私はそう思い、ブラッハムに声をかけた。

「そうやって過去を振り返って反省できているのは、成長してる証だぞ。確かに今までのブラッハムには、怖くて任せられなかっただろうが、今のお前なら出来るはずだ」

「……しかし」

「戦術の勉強もしっかりとしてるんだろ？」

「勉強はしたし、結構覚えもしましたが、実戦で使えるかが……」

「使えるさ。ブラッハムに兵を指揮する才能があるということは私が保証する」

「………」

「副隊長ザットも能力は高い。困った時には協力すればきっと大丈夫だ。お前に預けている兵は、カナレ郡の中でも選りすぐりの精鋭たちだからな」

私がそう言うと、ブラッハムはしばらく口を開かず黙っていた。

そして、私の目を見て、

「分かりました！　俺、やってみせます！」

迷いが吹っ切れたような表情でそう言ったあと、駆け足で城を出て行った。

どうやら、心配する必要はなさそうだな。

○

「郡長様から、野盗討伐の任を命じられた！　これからブラッハム隊は、その任務を達成するため全力を尽くす！」

野盗退治を命じられたあと、すぐにブラッハムは精鋭部隊の兵士たちを集めた。

「野盗ですか？」

「なら楽勝ですかね？」

あまり兵士たちに緊張感はない。

領内で悪さをしている野盗退治は、ブラッハムの率いる部隊も何度か行っている。基本的に力量、装備などに大きな差があるので、苦戦することは滅多になかった。

「今回の野盗は簡単な相手じゃないぞ！　元サイツ軍の兵士で数も多い！　気を引き締めろ！」

ブラッハムの言葉を聞き、兵士たちは少しだけ気を引き締める。

「敵が拠点としているのは、カナレ郡の北西だ。そこには今は使われてない古城があるんだが、そこを根城にしているらしい」

「昔のとはいえ城を使っているんですか。それで数も多いとなると確かに面倒そうではありますね」

「そうだ。最初に……敵がどういう状況か調べるため、斥候を派遣する」

ブラッハムがそう言った瞬間、兵士たちが驚いたような表情を浮かべる。

情報を得るのは基礎中の基礎だが、今までのブラッハムは情報収集はあまりせず、勢いで攻めていくことが多かった。

最近勉強熱心になったのは、兵士たちも知ってはいたが、そんな簡単には変わらないだろうと思っていた者がほとんどであった。

ブラッハムは斥候に向いている者たちを数名選抜し、野盗の根城の調査に向かわせた。

○

数日後。

野盗の根城の調査に向かわせた斥候たちが、帰還してきた。

古城は元サイツ軍の兵士の手により、少しだけ改修されていた。

敵の数も想定より多い。サイツの兵だけでなく、元々カナレにいたゴロツキや、傭兵崩れなども巻き込んで、どんどん大所帯になっていったようである。

装備に関しては、元サイツ軍の傭兵はそれなりに良い装備をしているが、あとから入ってきた者はあまり上質な鎧《よろい》や武器を持っていないようだ。

また、魔法兵に関しては確認されていない。

魔法兵がいると、流石にブラッハムの隊だけでは対処できなくなるので、援軍が必須となる。

「良く調べて来てくれた！　……しかし、思ったより敵が多いな……」

ブラッハムは報告を聞き、率直にそう思った。

「これは援軍を要請した方がいいんじゃないですか？」

副隊長のザットがそう進言した。

「ふむ……」

ブラッハムはどうするか考える。

実際、戦力的に倒せないのなら援軍の要請は必須だ。

しかしブラッハムは、難敵ではあるが、倒せないというわけではないと考えていた。

「思ったより強そうだが、倒せないほどの敵ではないだろ。魔法を使ってくるわけじゃないしな。今回の任務は俺に任されたのに、ほかの隊の手を煩わせるわけにはいかない」

「しかし、失敗は許されない任務なわけでして」

「援軍にはそれだけお金や兵糧が必要になる。それに、準備に時間がかかって、野盗討伐までにかかる時間も増えてしまうだろ。この規模の野盗を長く放っておくわけにはいかない」

「それはそうですが……」

「野盗が倒せないほどの規模なら援軍もやむなしだが、そこまでじゃない。これで倒せそうにないからって援軍なんて呼んでたら、郡長の期待を裏切ることになっちまう」

ブラッハムのその言葉に、ザットは反論しなかった。

彼にとっても、精鋭部隊の評価が下がってしまうのは避けたい事であった。場合によっては副隊長をやめさせられる可能性もある。そうなると出世の道は閉ざされたも同然だ。

「分かりました。ちょっと弱気過ぎたみたいですね」

ザットは戦う事に賛成した。

「しかし、隊長、今日はいつになく頭が回るようですね」

「ば、馬鹿にしてんのか⁉　俺は今までとはもう違うんだ！」

ザットの軽口に、ブラッハムが怒りながら言い返す。

「今回は無策で突撃する気はないぞ！　何らかの策を立てて行く！」

「策ですか……具体的には……」

「それは…………今からみんなで考えるぞ！」

「まあ、そこまで急に成長は出来ませんよね……」

とはいえ、このまま無策で戦おうとしないだけ、だいぶ成長したとは、ザットは思っていた。

「この野盗どもは、新しい人員を増やして勢力を拡大させてますよね。かなりのスピードで人員を増やしているようなので、恐らく流れてきた者を片っ端に仲間にしていると推測します」

「多分そうだろうな。そうじゃないと、もっと数は少ないだろうし」

ザットの言葉に、ブラッハムが頷きながら返答する。

「流れてきた者の素性など野盗なのでまともに確認したりもしていないでしょう。つまりは簡単に潜入することが出来るというわけです」

「……なるほど！　味方を敵に潜り込ませれば、戦いを有利にすることが出来るな！　それで行こう！」

ザットの意見を速攻で採用しようとするブラッハム。

「いや、あの、自分で言い出しておいて何ですが、潜入する兵はやはり危険だし、結構難易度は高いので、この作戦をするにしても、もっと考えて決めた方が」

「む……確かに、敵陣に潜り込むのは危険ではあるな。いざという時は、逃げられるくらい戦闘力があるやつが行くのが、いいか……よし、なら俺自ら潜入するぞ！」

「はぁ⁉」

突拍子もない提案に、ザットは驚く。

「この隊の中では俺が最も戦闘力が高いし、もし危険な目に遭っても、無事に帰って来れる可能性は一番高いはずだ！」

「いやいや、隊長がやるような任務じゃないですよこれは。あと、無事に帰ってくる確率は確かに隊長は高いと思いますが、本来は任務を成功させる確率が高い者を抜擢すべきです」

「俺では成功させられないというのか？」

「はい。目立たずに潜入するとか一番無理でしょ」

「う……」

ブラッハムに反論は出来なかった。

「ここは私が行きます」

ザットがそう言った。

「何？　いや、ザットは副隊長だし、隊にいた方が」

「隊長ながら行こうとした人が言うセリフですか。副隊長の私はいなくても何とかなるでしょう。こう見えても、昔から色々経験しているので、野盗に潜り込むことは得意なんですよ」

「でも危険だぞ」

「危険は承知の上です。私なら逃げ切れる確率も高いですからね。それに、この手の危険な任務を成功させれば、特別報酬を郡長から貰えるかもしれませんし」

「そ、それが狙いか……」

「ええ」

ザットは少しニヤつきながら頷いた。

「分かった。お前に任せる」

「任されました。あと、一人でやるのは難しいので、何人か選抜して一緒に潜入したいと思うんですが、いいですか？」

「大丈夫だ」

ブラッハムは頷く。

その後、ザットは一緒に潜入するメンバーを選び、任務を開始した。

○

カナレ北西。

かつてここには重要な鉱山が存在し、その鉱山の近くには鉱員たちが住む町があった。重要な場所だったため、そこを守るため城や防壁を作り、防御を固くしていたのだが、鉱山から資源が枯渇してからは重要性が薄れていき、廃墟《はいきょ》と化していた。

誰も居ないはずのその場所だったが、今は賑《にぎ》わっていた。野盗たちが集まりそこを根城としていたからだった。

ザットは、選抜した四名の隊員を連れ、根城に訪れていた。

全員いかにも野盗でもやっているというような、汚らしい格好をしている。

ザットの選んだ隊員は、全員少し強面で、傍《はた》から見たらどこからどう見ても、野盗にしか見えない。根城には門があり、その前に二人の門番が立っていた。

ザットは何の躊躇もせず門の前に近付いた。

「誰だ貴様らは！」

「ここは、ブイゴ様の縄張りだぞ！」

近づくザットたちを威嚇するように、門番の男二人が言った。

「そのブイゴ様に用があってきたんだ」

ブイゴという名前は初めて聞いたザットだったが、話を合わせてそう言った。

「何の用だ」

「俺たちはパラダイル州付近の山で山賊をやってたんだが、最近パラダイルの兵士にアジトを襲われて、仲間を大勢やられた上に、アジトも失っちまった。これからどうすんのか考えながら放浪してたら、ここの話を聞いたってわけだ」

普段とは全く違う口調でザットはそう言った。

「何だ、仲間になりにきたってわけか？」

「ああ、そうだ」

「残念ながらここはもう大所帯になりすぎちまった。よっぽど使える奴以外は仲間にはしねぇってのが、ブイゴ様のお考えだ。さっさと帰んな」

門番の発言は予想外であったが、ザットは表情を変えずに、

「いや、それなら帰る必要はないな。腕には自信がある。よっぽど使える奴、と間違いなく言えると思うぜ」

「おいおい、随分自信があるみたいじゃねーか」

「口だけなら何とでも言えるからなぁ」

門番二人はザットの発言を聞き大笑いする。

「分かった。証拠を見せてやろう」

「証拠？」

「お前ら二人対俺で勝負しよう。そっちは殺す気で向かってきていいぜ。こっちは恨みは買いたくはないから殺しはしない。それで俺が勝ったら認めてくれるか？」

「はぁ～？」

「不十分だったか？　何なら、十秒以内に決着を付けるって条件も付けていいぜ」

ザットがそう言うと、門番二人が眉間に皺を寄せる。

「てめぇ……なめてんのか？」

「十秒以内に死ぬのは、てめーの方だ！」

門番二人は腰にかけていた短剣を引き抜く。

ザットも剣を持っているが、何もしない。

「おい、てめーも抜きやがれ！」

「剣なんて使ったら殺しちまうかもしれねーだろ？　これで十分だ」

「ど、何処までも舐《な》めやがって‼」

ザットの言葉に怒りが頂点に達した門番二人が、同時に飛びかかってきた。

動きは遅い。特に連携が取れているわけでもない単純な攻撃だ。

ザットは無駄のない動きで避ける。

その後、一人の野盗の顎を肘で強打。

脳が揺さぶられ、ぐったりと倒れこむ。

もう一人の野盗が呆気《あっけ》に取られている間に、顔面に鋭いパンチを一発お見舞いする。

体勢が崩れている間に、剣を持っていた方の腕の肘を思いっきり蹴る。

手に力が入らなくなり、門番は剣を落とした。

ザットはそれを素早く拾い、野盗の首元に剣を押しあてた。

「勝ちだな？」

「ぐっ……」

門番はうめき声を漏らした。

「ちっ……分かった。ブイゴ様の下へ案内する……」

門番二人は潔く負けを認め、ザット達を根城の中へと入れた。

門をくぐり、城の中へと入る。

野盗たちの手によって多少は改修されているとはいえ、新しい城に比べたらボロボロだった。

ただ、それでも普通の野盗が暮らしているような場所に比べれば、かなりましだ。通常野盗は自分たちで作ったボロボロの家に住んでいたり、洞窟の中に住んでいたりと、まともな住居に住んでいるケースはほとんどない。

ブイゴの下に向かっている途中、ザットは頭の中で今回の任務について考えていた。

まず城に潜入して野盗の一味になる。

夜になったら門番の野盗と見張り台にいる野盗を討ち取る。見張り台から味方の兵士達が来るのを待つ。

来たら門を開く。

夜間での強襲となる。野盗たちは眠っており不意を突くことになるだろう。

通常の野盗だとそれであっさりと倒せるだろうが、今回は元サイツ兵だった野盗だ。

夜間の強襲などもある程度対処できるかもしれない。

なので、隙があれば敵のリーダー、ブイゴを暗殺しておきたい。

リーダーがいなければ、夜襲に対処することは出来ず、野盗たちは混乱状態に陥って楽な戦いとなる。

もちろん危険を伴うので、暗殺するのは隙があったらではある。

暗殺はしなくても、夜襲の時点で有利なのは間違いないので、仮にブイゴが戦上手で上手く対処してきても、勝つ確率は高い。無理に暗殺を試みて、作戦がバレたりするくらいなら、やらない方が無難だった。

考えている間に、ブイゴの下へと到着した。

筋骨隆々の男だ。無雑作に髭《ひげ》を生やしており、髪もボサボサ。装備はサイツ軍の物を身に着けている。元サイツ兵なのだろう。

「何だそいつら?」

「ブイゴ様の手下になりたいって来たやつらでさぁ」

「あ？　もう手下は要らねぇって言っただろ？　それとも使えるのかそいつらは」

「はい、二人がかりでやられちまいまして……相当できますぜこいつは」

「ほう？」

ブイゴは興味を持ったような目つきで、ザット達を見る。

「名前は何ていうんだ？」

「ルビウスだ」

そこまでザットは有名ではないが、元サイツ兵なら知っている可能性もゼロではなかったので、ここは偽名を名乗った。

「強いのになんで俺の下へと来た？　俺を殺して、新たなリーダーになろうって腹じゃねぇだろーな？」

「生憎、そんな冒険をするタイプじゃねーんだ。アンタの評判を聞いて、手下になりゃしばらくは安泰だと思ったまでだ。こんな城を拠点にしてりゃあ、カナレの軍に目をつけられても簡単にゃやられねぇだろうしな」

「ふぅん？　強いのに面白くない考え方するやつなんだな。まあ、そんなことなら、ここは最適な場所ではあるな。ほかに行くあてがねーなら、しばらく居てもいいぜ」

呆気なくブイゴは許可を出した。

勢力をどんどん拡大していると言うことから、元々器の大きいタイプなのだろう。

「助かった。敵が来たら全力で戦うぜ」

ザットは心にもないセリフを口にした。

「しかし、わざわざここに来なくとも、強いんならどっかの兵士になって手柄を立てて出世してやろうとか思わねぇのか?」

「俺みたいな元山賊が出世できるところがありゃ良いんだがな」

「数ヵ月前まで俺はサイツ軍にいたんだが、サイツ軍に入る前もこんな感じで野盗をやってた。そっからそこそこ出世できたから、探せばあるもんだぜそんなところも」

「でも、今は野盗なんだろ?」

「まあな。俺の仕えてた貴族が敗戦の影響で資金難になっちまって、その影響で外部から雇った兵士がバッサリ切られちまった。行くあてがなくてこうしてるってわけだ。そん時、せめてもの情けで、この城の存在を教えてくれたんだ」

「ほう、そんな経緯で……」

ザットは口でそう感想を漏らしながら、この城の存在をサイツに教えられた、という部分が引っかかっていた。

本当に情によるものかもしれないが、もしかしたら作為的なものかもしれない。

解雇したサイツ兵をカナレの古城に住まわせれば、カナレ郡に被害を与えることは可能だ。

動機は敗戦の仕返しか、もしくはカナレを弱らせ今度は確実に勝つ気か、どちらかだろう。

（いずれにせよ、この話は帰ったらリーツ様あたりに話しておく必要があるだろうな）

情報を持ち帰ったら、評価も上がるぞと思い、思わずニヤケそうになったザットであったが、ここは堪えた。

「命懸けで戦ってんのにバッサリ切られる事もあるっつうのは、やりきれない話だな。やっぱり俺には野盗の方が向いてる」

「へっそうかい」

ブイゴは少し笑いながらそう言った。

それから、特に怪しまれる事なく、城の中を案内してもらう。

無事、ザットたちは野盗の一味に紛れ込むことに成功した。

○

ブラッハムは根城付近の森の中で、野盗に見つからないように陣を敷いていた。

「副隊長達は無事潜入できたようです」

根城の様子を隠れて観察していた斥候兵がそう報告をしてきた。

「よし、あとは夜になって、根城の様子を見て、見張りが制圧できたのを確認したら、出撃するぞ」

「了解です。再び根城の様子を観察してきます」

見張りの制圧が出来た後、斥候に知らせる合図を送るようになっていた。

もし、野盗たちに動きを気取られて、騒ぎを起こしてしまった場合は、すぐに逃げろとも命令を送っていた。失敗した場合は、また別の作戦を考えて攻めるつもりだった。


数時間経過し、日が暮れすっかり夜になった。

兵士たちはいつでも出陣できるよう、戦闘準備を終えていた。

根城の観察をしていた斥候兵が再び陣に戻ってくる。

「合図確認しました」

ブラッハムはその報告を聞き、

「よし！　今すぐ出陣するぞ！」

号令を出した。

ブラッハムの号令に従い、根城に向かって精鋭部隊は出陣した。

バレないよう音を立てないように、それでいて素早く移動を行う。

そして根城付近に到着する。

ブラッハムたちが近づくと根城の門がゆっくりと開いた。

「よし、突入するぞ！」

ブラッハムは、兵を引き連れて城へと突入した。

○

ザットは見張りの兵をあっさりと討ち取った後、ブラッハムたちが来るのを待つ間、どうするか考えていた。

（ここの野盗ども思ったより隙が多い。守りが固い拠点を手に入れたことで、少し気が緩んでいるのだろうな。とは言っても、外部から来たやつをすぐに拠点内で動き回れるようにするのは、不用心ではあるが）

搦《から》め手《て》で城を落とそうとしてくること自体、想定していないようだ。

（これだけ隙があるなら、ブイゴの暗殺を試みても良いかもしれないな。夜襲が成功すれば、勝ちは出来るだろうが、思ったより抵抗されて、自軍に被害が想定以上に出るかもしれないしな。それ

なりに強そうではあったが、寝込みを襲えば大丈夫だろう）

ザットはそう考え、一緒に根城に潜入した兵士たちに、暗殺を行う事を伝え、すぐに行動に移した。見張り台を降りて、城の中へと入る。

ブイゴは、最初に会った部屋で寝ている。足音を殺しながら移動し、部屋に向かう。

誰にも見つかることなく、ブイゴの部屋の前に到着した。

部屋には扉がある。鍵などはかかっていない。

不用心だと思いながら、ザットはゆっくりと扉を開き、部屋の中へと侵入した。

ベッドにブイゴがいる、と思いきや誰もいない。ふと背後に気配を感じ、慌てて後ろを確認する。

斧《おの》を振りかざしている何者かの姿が。そのまま斧はザットに向かって振り下ろされる。

後ろに避けて、間一髪でザットは斧を回避した。

突然のことでザットは動揺し、心臓の鼓動が速くなる。

だが取り乱したりはしなかった。

経験豊富なザットはすぐに冷静さを取り戻す。

「ほう、良い反応じゃねーか。今のを避けるか」

目の前の斧を振り下ろしてきた男、野盗のリーダーブイゴがそう言った。

「お前、俺の首を狙いに来た賞金稼ぎだろ？　そう言うのは鼻が利く方なんだ」

その言葉を聞き、ザットは最悪な状況には陥っていないと知る。

ザットがカナレ軍の兵士ではなく、賞金稼ぎであると、ブイゴは誤解しているようだ。

それならば、カナレ軍が攻め込んでくるということに気づいてはいないはずだ。夜襲が失敗に終わるということはないだろう。

「俺の正体に気づいていたのになぜ城の中に引き入れた？」

話を合わせてザットは会話を続行する。

「こうやって油断したふりをして、ハメ殺すのが一番簡単なんだよ。今回は一撃目は避けられちまったがな。俺を狙ってる賞金稼ぎは早めに殺《や》っとかないと、後々面倒なことになる。お前の仲間たちは、俺の手下がこの部屋に入ってこないよう外で見張りでもしてるのか？」

「お前に言う必要はない」

ザットはブイゴを睨《にら》みながらそう言った。

部下の兵士達は、現在見張り台でブラッハムの到着を待っているはずだ。

「まあいいか。お前が多分賞金稼ぎどもの中のリーダーなんだろ？　まずはてめーを殺して、ほかの奴はあとで殺す。おい、お前ら、出てこい」

ブイゴがそう言うと、部屋にある物陰から野盗達が出てきた。

目だけ動かしてザットは数を確認する。

出てきた野盗は全部で五人。ブイゴを合わせると、六人だ。

「お前は強いらしいけど、流石にこの人数相手にすんのはきついだろ？」

「…………」

ザットは黙って剣を構えた。

(今まで何度か窮地に追い込まれたことはあったが、ここまでのピンチは初めてだ……)

自分がもうすぐ死ぬかもしれないという時だが、ザットの頭は冴《さ》えていた。この冷静さがあったから、彼は今まで生き残ってこられた。

(俺一人で勝利は流石に難しい。だが、時間稼ぎは出来る。隊長が来るまで持ち堪えていれば、倒してくれるだろう。隊長を当てにするのは何となく嫌ではあるが……昔の隊長ではなく今の隊長なら大丈夫だろう)

ザットはブラッハムが来てくれると信じ、ブイゴ達との戦いを開始した。

○

「ところでザットはどうした?」

突入したブラッハムは、ザットと一緒に根城に潜入した兵士にそう尋ねた。

「副隊長は、リーダーのブイゴを討ち取りに行きました」

「どのくらい前に行ったんだ?」

「見張り兵を倒したらすぐに行きましたね。結構時間がかかってるようです」

「何だか嫌な予感がするな。よし、そのブイゴとやらがいる場所をまずは目指すぞ！」

兵に号令を出した。

ブイゴのいる場所は先に根城に潜入した兵たちが知っていたので、場所を先に聞いた後、ブラッハム達は根城の中へと突入した。

流石にこれだけ大勢の兵が入り込めば、大きい音が立つので、それに気づき目覚めた野盗もいた。

目覚めた野盗はブラッハム達の姿を確認した後、かなり驚いたような表情を浮かべて逃げ出した。

数が多すぎて一人では勝てないと思い、リーダーに報告しに行こうとしているのだろう。

「逃すな！　狙撃しろ！」

すかさずブラッハムは弓を持っている兵に、狙撃を命じた。

精鋭部隊には、剣や槍《やり》の扱いが上手いものだけでなく、弓の名手もいる。

急いで弓を構え野盗に向かって射った。

後頭部に矢が突き刺さり、野盗は即死した。

「よし、良くやった」

ブラッハム達は城の中をどんどん移動する。

ブラッハム達の突入が野盗達に気づかれるのを少しでも遅くするため、起きて来た野盗達はきちんと討ち取りつつ、進んでいった。

弓兵の調子は非常に良く、一人も討ち漏らすことはなかった。

そのまま順調に根城の中を進んでいき、ブイゴ達の部屋の前に到着した。

「しつこい野郎だなぁ！　苦しませず殺してやっから今すぐ諦めろ！　このまま続けても無駄に痛いだけだぜ！」

部屋の中からそんな声が聞こえてきた。

その後、剣戟《けんげき》の音が響き渡ってくる。

どうやら中で戦っているようだ。

ザットとの戦闘に気を取られ、ブイゴはブラッハムの侵入に全く気がついていないようである。

ブラッハムは勢いよく扉を開いた。

戦闘により傷を負っているザットと野盗たちの姿が目に入る。

野盗たちは、ブラッハムと背後にいる兵士たちの姿を見て、呆《ほう》けたような表情を浮かべていた。

状況が全く理解できていないようである。


「はぁあああ！」


ブラッハムは持っていた槍で、ブイゴの胸を突いた。

突然の出来事で全く反応できなかったブイゴは、避けられず一瞬で心臓を貫かれる。

「な、ガハッ……」

状況を正確に理解できないまま、血を吐いて床に倒れ込んだ。

その後、ブラッハムの後ろから兵士たちが次々と部屋に突入し、ほかの野盗たちを次々と討ち取っていった。


「大丈夫かザット！」


ブラッハムが、傷だらけのザットの近くに心配しながら駆け寄る。

「大丈夫です。傷は浅いですから」

平気そうな表情でザットはそう言った。

その言葉通り、一つ一つの傷は浅かった。

上手く攻撃をかわしながら、凌《しの》いでいたのだろう。

とはいえ、体の至る所に傷を負っているので、結構な量の血を流している。無事というわけではなさそうだった。

「全く無茶しやがって！」

「この程度無茶ではないです。それより、敵のリーダーのブイゴを倒したので、これで戦は楽に進められます。野盗どもに逃げられると厄介ですし、早いとこ戦を再開しましょう」

「ああ、お前が引きつけてくれたおかげで楽に倒せたぞ！　よし、残りの野盗たちを始末するぞ！」

ブラッハムは兵たちに号令を出し、根城にいる残りの野盗たちとの戦いを始めた。

戦いと言っても、やはりブイゴの存在なしでは夜襲には対応できず、まともな抵抗もないまま、ブラッハムたちの優位で進んでいった。

「お前らに勝ち目はないぞ！　降参すれば命は助けてやる！」

終盤野盗たちの数が大きく減って、勝利はほぼ確定という時、そう勧告した。

追い込み過ぎれば、最後逆に激しく抵抗され、思わぬ損害を受けることもあるので、最後はこうやって投降を促したほうがいいだろうと、ブラッハムは判断した。

普通の戦なら、命尽きるまで主君や守るべき土地のために戦う者たちもいるのだが、野盗たちにそこまでの根気はない。

あっさりと武器を捨て投降していった。

根城に住み着いた野盗たちは、一夜にして壊滅した。

○

ブラッハムたちは投降した野盗たちを捕縛し、カナレ城へと帰還する途中だった。

「隊長、今回は助けてくれてありがとうございました。間一髪でしたよ」

ザットは傷の応急処置を受け、身体中に包帯を巻いていた。

だが、苦しそうにはしておらず、平然とした様子だった。

「部下を助けに行くのは、隊長として当然のことだからな！　とにかく今回は勝てて良かった！」

ブラッハムは嬉しそうな表情でそう言った。

「しかし、今回は特別報酬貰えますかね……？」

「さあ……てか、お前はそれが目的でブイゴを倒しに行ったのか？」

「聞き捨てならないことを言いますね。もちろん、戦いを楽にして隊に被害が出ないようにするためですよ。報酬はあくまで、貰えたら良いなぁという感じです」

「本当か……？」

「本当です」

真顔でザットは言い張るが、ブラッハムは本当なのかいまいち信用はできなかった。

「お前が活躍したのは事実だし、きちんとリーツ先生や郡長には報告しておこう」

「ありがとうございます」

ザットは澄ました表情でお礼を言った。

「あ、そうだ。一つ気になる情報があったので、これもリーツ様に伝えておいてください」

「何だ？」

「どうやら、今回の野盗のブイゴは、元々サイツ軍にいたようですが、そこを解雇されたようで、その際、ブイゴを雇っていた貴族が、古城の事を教え、それで古城を拠点にしたようです」

「はぁ……その貴族は解雇した家臣の今後のことも考える、良いやつなんだな」

「えーと……良いやつだってだけならそれで良いんですが……サイツはちょっと前まで我々と戦をしていたんですよ？　何か作為的なものを感じませんか？」

「むう……？　つまり、ブイゴをカナレの古城に住まわせ、野盗として活動させて、被害を与えるつもりで、そのサイツの貴族は古城の場所を教えたと？」

「その可能性はあります」

「なるほど……考えすぎかもしれないが……仮にその通りなら、サイツはまたカナレに攻めてくる気満々ということなんだな」

「ええ、リーツ様達がどうお考えになるかはわかりませんが、一応報告しておくべきです」

「そうだな。分かった。報告しよう」

ブラッハムは頷いた。


それから、ブラッハムたちはカナレに帰還。

捕縛した野盗たちは一度牢屋《ろうや》に入れられる事に。

これからカナレの規則にのっとって処罰が下される。

大人しく投降した野盗たちなので、死罪にはならない可能性が高いが、しばらくの間、労働力としてこき使われる事になるだろう。

ブラッハムは、カナレ城の執務室へと向かい、リーツに野盗の討伐について全て報告した。

「被害はほぼゼロで討伐したのか……」

とリーツは驚いたような表情を見せる。

「アルス様がお前に討伐を任せた時は、心配で仕方なかったが、本当に成長したんだな。良くやった」

「は、はい！」

リーツは、アルス以外には結構厳しい面も多く、あまり他人を手放しに誉めたりはしないのだが、今回は素直にブラッハムを賞賛した。

ブラッハムは嬉しくて、ほほを緩ませる。

「特別報酬についてもアルス様に進言しておこう。今回は本当に良くやった」

「はい！　これからも頑張ります！」

ブラッハムは元気に返事をして、執務室を後にした。

○

ブラッハムに野盗退治の任務を与えてから、数日経過した。

今のところ私のところに、ブラッハムの件で報告は来ていない。

正直、本当に任務を与えて大丈夫だったのか、少し不安になってきていたところだった。

確かにブラッハムの成長には実戦での成功は必要不可欠だとは思うのだが、もし失敗して死んでしまったりしたら、元も子もない。もっと安全な相手で試した方が良かったのでは？

今更悩んでも遅いし、ブラッハムを信じるしかないのは分かってはいるが……

色々ネガティブな事を考えていると、

「アルス様、リーツ様から報告があるとの事ですが、今お時間大丈夫でしょうか？」

と城の使用人がそう言ってきた。

もしかして野盗退治が終わったのか？

特に重要な仕事をしていたというわけではなかったので、私はリーツの待つ執務室へと直行した。

「アルス様、わざわざご足労いただき申し訳ありません」

執務室に入ると、リーツと、それから野盗退治に行っていたはずのブラッハムの姿があった。

「構わない。それよりブラッハム、戻ってきていたのか」

「はい！　古城に住み着いた野盗どものリーダーを倒し、壊滅状態にすることに成功しました！　自軍の死者はゼロで、負傷者は数名出ましたが、命に別状はありません！」

と元気よくブラッハムは報告してきた。

「良くやった！」

心の底から出た言葉だった。

どうなるか不安だったので、成功したと聞いて安堵《あんど》と喜びの感情が湧き溢《あふ》れてきていた。

そして、咄嗟《とっさ》にブラッハムのステータスを鑑定してみると、統率が77まで上昇していた。

元々は68だったはずだ。

一度の野盗退治に成功しただけで、こんなに伸びるのか。

まあ、相手は元サイツの軍人で、さらに拠点が城だったので、本当の戦さながらな感じではあっただろう。

それを加味しても、かなり伸びたな。

伸び代が大きいので、成長速度も早いのかもしれない。

もしかしたら、80台中盤くらいまでは、あっさりと成長するかもな。

そこまでのステータスがあれば、一流の武将と言っても過言ではない。

実戦を任せてみるというのは、間違った判断ではなかったようだ。

それからどんな戦だったのか、報告を受けた。

戦で一番活躍したのは、副隊長のザットだったようだ。

もしかしたら死んでいたかもしれないと言われて、少しだけ肝を冷やした。ザットも優秀な人材だ。統率がそれほど高くないので、兵を率いるのは向いていないだろうが、ほかの能力は高いので補佐役には向いている。作戦の立案もザットが行ったようだ。

やはり最初に思った通り、ブラッハムとザットは良いコンビになるかもしれない。

ブラッハムとザットの二人には、特別に報酬を出す事にした。

「今回は私の期待に良くぞ応えてくれた。ブラッハムとザットには、金貨を多めに報酬として授けよう」

「ええ！　俺もですか？　良いんですか？」

「ああ、お前も良く部隊を率いた。ザットを救出できたのもブラッハムが隊を率いたおかげだろう」

「あ、ありがとうございます！」

ブラッハムは感激した様子で頭を下げた。

「それで、えーと、あ、そうだ。忘れてました！　伝えなければならないことがあったんです！」

頭を上げると、何かを思い出したような表情を浮かべてそう言った。

今回壊滅させた野盗達のリーダー、名前をブイゴと言うらしいが、そいつは仕えていた貴族に解雇されて古城に来たらしい。

古城の在り処は、その貴族が教えたという話だった。

「ふむ……確かにそれはサイツ側の策略の可能性はあるね」

ブラッハムから話を聞いたリーツは、少し考えてそう言った。

「やっぱそうなんですか？」

「確実にそうであると断言は出来ないけど、可能性としては結構高そうだね」

私も話を聞く限り、作為的なものがありそうだと思った。

ブイゴのためにカナレ古城を教えたという可能性もあるが、普通はブイゴのためを思うなら、サイツ州内で仕事を斡旋《あっせん》するなり普通は他の方法を取るはずだろう。

わざわざカナレ郡にある古城の場所を知らせはしないはずだ。

「もしそうなら、サイツはまたカナレに攻めてこようとしているのか？」

私はリーツに質問した。

「そうですね……このように回りくどい方法を取ったということは、今すぐ戦をするのは分が悪いと思っている証拠だと思います。今回の件を口実にミーシアンがサイツに攻め入るのは、確実な証拠もないので難しいですからね。それでもサイツはミーシアンと融和する気はなく、いずれは攻め落としたいと思っているので、嫌がらせをしてきたのだと思います」

「なるほど……それならすぐに攻め入ってくるということはなさそうだが……今回みたいな嫌がらせはこれからも何度かされそうと思っていいだろうな」

「はい。それに関しては警戒を強めるべきかと思います」

今回は大きな被害が出る前に簡単に野盗を排除できたが、場合によっては大損害を被っていた可能性もある。

次はどんな手を使ってくるか、正直予想は出来ないが用心しないといけないな。

「情報、感謝する。ザットにも代わりにお礼を言っておいてくれ」

「はい！　まあ敵がどんなことを企んでいようとも、俺が何とかしますよ！」

「……ブラッハム……ちょっと調子に乗りすぎだ」

「あ、そ、そうですね。すみませんリーツ先生……」

手柄を立てて気が大きくなっているブラッハムを、リーツがたしなめるように言った。

多少性格が変わったと言っても、根っこの部分までは変わらないようだ。

とにかく今回は無事に乗り切れたことと、ブラッハムが成長したことは喜ばしいことだ。

今後も順調に成長して、リーツやミレーユを超えるくらいの武将になってくれればいいな。

三章　フジミヤ家

カナレの町、大通り。

私はリーツと二人で街中を歩いていた。

目的は人材の発掘だ。

最近は募集して城まで来る者を採用していたが、たまにはこうして歩いて鑑定してみるのもいいかと思って町に出てみた。中には城まで来られない者もいるだろうしな。

まあ、気晴らしに外出したいという理由もあったが。むしろそっちの理由の方が大きい気がする。

リーツは護衛として同行している。

サイツがちょっかいを出して来るかもしれないこの状況で、一人で出歩くわけにはいけないしな。

護衛がリーツなのは、私が指名したからだ。

最近忙しそうなので、カナレを歩くのが休暇の代わりになればいいと思ったからだった。

ただ……私の護衛ということで、リーツはいつもより神経を尖《とが》らせている。

これではいつもより疲れそうだ。

逆効果だったかもしれない。

「リーツ、今は昼間で白昼堂々襲うやつはいないだろうから、もっと気楽にしていても良いんだぞ」

「気楽になんてそんな……アルス様を危険な目に遭わせられませんので。それに最近カナレには厄介な盗賊がいるようですし」

盗賊の話は私の耳にも届いていた。

高価な物を盗んだりするだけでなく、人を攫《さら》ったり、結構悪辣なことをする盗賊がカナレにいるらしい。

結構な数の兵を動員して、捜索させているのだが、未だに捕まっていないようだ。暴れている割に、中々尻尾を出さないので、結構面倒な相手である。

この前古城を占拠した野盗といい、カナレにも厄介な連中が増え始めた。

人口が増えると、悪党の数も増えてしまうのは、どうしようもないことかもしれない。

鑑定をしながら町の広場まで歩いたが、めぼしい人材は見つからなかった。

まあ、そう簡単に見つかるものではないしな。それこそ今日一日探し回っても、見つからないかもしれない。

「ん？　何やら珍しい格好をした人たちがいますね」

リーツがそう呟《つぶや》いた。

私も視線を動かして確認すると、広場の中央に三人の若い男女がいるのを発見した。男二人、女一人である。

確かにここらでは見ない格好だった。

和服っぽい服を身につけていた。

さらに前世での私に近い、日本人に近い顔立ちをしていた。

中肉中背の男と、筋骨隆々の大柄な男、それから小柄で髪がボサボサの女の三人組だ。

「大陸外から来た人ですかね？　何でカナレに？」

リーツは少し警戒しているようだった。

まあ、護衛として見知らぬ者達は警戒せざるを得ないか。

私は、前世の自分が日本人だったということもあり、何となく親近感みたいなものを感じていた。

まあ、流石に警戒心ゼロというわけではないが。

元が日本人だったとはいえ、この世界に生まれてそこそこ経つので、そこまで平和ボケしてはいない。

三人は広場の掲示板に貼られている、人材募集の貼り紙を見ていた。言葉は通じそうだな。文字が読めないなら、あんなに熱心には見ないだろうからな。

もしかして仕える先を探しているのか？

いや、掲示板にはローベント家の家臣募集の貼り紙以外にも、ほかの仕事の募集の貼り紙が貼ってあるので、家臣になりたいと思っているとは限らない。

だが、カナレで仕事を探しているという可能性は高そうだ。

異国の者は中々仕事もし辛いだろう。

もし有能なら家臣にしたいところだし、鑑定しておくか。

私は三人を鑑定することに決めた。

最初は中肉中背の男から鑑定しよう。

グレーの髪色で、顔立ちはそれなりに整っている。腰に剣を提げているのだが、その剣がやたら高そうだ。

私は男をじっと見て、鑑定スキルを使用した。

リクヤ・フジミヤ　18歳♂
・ステータス
統率　60／75
武勇　68／75
知略　63／75
政治　65／75
野心　54
・適性
歩兵　B
騎兵　B

弓兵　B
魔法兵　D
築城　B
兵器　D
水軍　B
空軍　D
計略　B

帝国暦百九十四年六月二十日、ヨウ国テン都で誕生する。兄が八人。姉が五人。弟が一人。妹が一人。父親と母親はどちらも死去。兄八人、姉五人は死去。弟と妹は共に健在。真面目な性格。おにぎりが好物。趣味は特になし。優しい女性が好み。

名前はリクヤ・フジミヤ……名前まで日本人っぽい。

能力値は限界値が全部75と逆にレアな感じだ。

特別際立った才能はないが、総合力では優秀と言って良いだろう。

そして出身はヨウ国？　初めて聞く国だな。

まあ、サマフォース大陸外の国について、私はそこまで詳しくないしそういう国もどっかにあるんだろう。

あと兄と姉が多いが全員死んでいる。

両親もすでに亡くなっている。

両親が亡くなることは、割とあることとはいえ、……兄と姉を合計十三人亡くしているのは、多すぎる。子供のまま死ぬことも、この世界では結構多いとはいえだ。

そもそも流石に兄弟が多すぎるので、もしかしたら彼は特殊な家庭で生まれたのかもしれない。

次に筋骨隆々の男を鑑定する。

彼は坊主頭で背が非常に高い。顔は強面で近寄り難い雰囲気がある。

タカオ・フジミヤ　16歳♂
・ステータス
統率　44／79
武勇　90／99
知略　12／21
政治　10／25
野心　12
・適性
歩兵　S

騎兵　Ａ
弓兵　Ａ
魔法兵　Ｄ
築城　Ｄ
兵器　Ｄ
水軍　Ｄ
空軍　Ｄ
計略　Ｄ

帝国暦百九十六年四月一三日、ヨウ国テン都で誕生する。兄が九人。姉が六人。父親は死去、母親は健在。兄八人、姉五人は死去。兄一人と姉一人が健在。のんびりとした性格。肉が好物。趣味は食事、昼寝。背の高い女性が好み。

何か凄い尖った能力値だな。

だが、この武勇の数値は凄い。

見た目もかなり強そうだが、見かけ倒しではないようだな。

あと姓がこの男もフジミヤなのか。

もしかしてリクヤとは兄弟なのか？　あまり似ていないが……

ただ、リクヤは母が死んでいて、タカオの方は生きている。まあ、それも腹違いの兄弟と考えれば矛盾はしないか。というか外見の似てなさを考慮すると、腹違いと言われた方がしっくりは来る。

聞いてみれば分かる事か。

最後に、女の子を鑑定しよう。

ボサボサの黒髪少女だ。目つきが鋭く、背は小さいが妙な迫力を感じる。顔立ちは整っている。

マイカ・フジミヤ　17歳♀
・ステータス
統率　12／22
武勇　9／15
知略　90／99
政治　71／91
野心　34
・適性
歩兵　D
騎兵　D
弓兵　D

魔法兵　D
築城　D
兵器　A
水軍　D
空軍　D
計略　S

帝国暦百九十五年二月一日、ヨウ国テン都で誕生する。兄が九人。姉が五人。弟が一人。父親は死去、母親は健在。兄八人、姉五人は死去。兄一人と弟一人が健在。合理的な性格。甘い物が好物。趣味は遺物収集。頭のいい男が好み。

名前はマイカか……

凄い知略の高さ……逆に武勇は非常に低く、運動能力は高くはないだろう。統率も低いので、戦に出るのは難しそうだ。

これまたタカオとは別方向で尖った能力値だな……

あと、彼女も姓はフジミヤだ。三人は兄弟なのだろうか？

女子にしても背が低く、体格も子供っぽいので、一番年下だと思っていたが、タカオより一歳上のようだ。

失礼だが正直見た目は十七歳には見えない。私と同じくらいの年齢に見える。

特別抜きんでた能力はないが、総合力が高いリクヤ。

武勇に優れたタカオ。

知略に優れたマイカ。

間違いなく優秀な人材だし、ぜひ家臣にしてみたい。

「あの、アルス様……あの三人が気になりますか？」

リーツは私の様子を見て察したのか、そう尋ねてきた。

もう付き合いも長いし、リーツには私の考えがある程度分かるのだろう。

「ああ、鑑定してみたが、中々優秀な人材だ。ぜひ家臣にしたいのだが……」

「見たところ職を探しているようなので、家臣にはできるかも知れませんが……」

と話をしていると、

「おい、そこの子供！」


向こうの方から声をかけてきた。

声をかけてきたのは、マイカだった。眉間に皺《しわ》をよせ、こちらを睨《にら》んでいる。怒っているようだ。

「先ほどからこちらを観察するようにジロジロと見よって！　何が目的だ⁉　この私の才能に恐れ

「慄き暗殺でもする気か!? もしくは、我が美貌を我が物とするため、これから攫う気か!? さあ、白状するが良い！」

どうやら私の視線は気づかれていたようだ。そして、あらぬ誤解をしている。

私は慌てて否定する。

「誤解だ。そのようなことをしようとしていたわけではない！」

「それではなぜこちらを見ていた！！？？」

マイカの物凄い剣幕に、護衛のリーツが私の前に立ち、身構える。

「む、むむむ……な、何だ？　やる気か？」

マイカはたじろぐ。

鑑定スキルで見た限り戦闘力は高くないので、当然の反応だろう。

すると、貼り紙を見ていたリクヤもこちらに気づき、駆け足でやってきた。

リクヤは腰に剣を下げている。

武装しているので戦いになったら危険だ。リーツは腰の剣に手をかけ臨戦態勢をとる。

「お、兄者！　良いところに！　こやつらが……！」

もしかして戦闘になってしまうか？

と心配した直後、リクヤがマイカの頭に拳骨を落とした。

ゴツッ‼　という音が響き渡る。

「いったあああああ‼　な、何をする兄者！」

「マイカ‼　町の人に迷惑をかけるなとあれだけ言っただろ！」

涙目で喚くマイカをリクヤは叱りつける。

「も、申し訳ない！　こいつちょっと変わった奴で！」

リクヤは頭を下げながら謝る。

「ほら！　お前も頭を下げろ！」

さらに自らの手をマイカの後頭部に持っていき、強制的に頭を下げさせた。

その様子を見て、リーツは危険はなさそうだと判断し、剣から手を離した。

「別に危害を加えられたわけではないし、謝る必要はない。頭を上げてくれ」

私がそう促すと、二人は頭を上げた。

「あ、ありがとう」

「むう……」

マイカは不満そうな表情を浮かべていた。

「じゃあ、俺たちはこれで」

リクヤが早速私たちから去ろうとする。

元々こちらから勧誘のために声をかけるつもりだったので、ここで去ってほしくはない。

「待ってくれ」

「え？」

「君たちは仕事を探しているのか？」

「そうだけど……」

リクヤは怪訝《けげん》な表情を浮かべる。なぜそんな質問をするのか、意図が理解できないという感じだ。

「私なら君たちに仕事を紹介できるが、興味はあるか？」

「え？　君が？」

信じていないようなリアクションだった。

「ああ、まずは自己紹介をしよう。私の名はアルス・ローベントという。そして、こちらの男はリーツ・ミューセスだ」

「はぁ……？　えーと、俺はリクヤ・フジミヤだけど……」

こちらが自己紹介をすると、リクヤは戸惑いながら自己紹介を返してきた。

「アルス・ローベントというとカナレ郡長の名前であるな。さっきの貼り紙で家臣を募集しておったな。なるほど、我らの力を見込んで、勧誘しに来たというわけか」

事態を飲み込めていないリクヤとは対照的に、名乗っただけでマイカは完璧に私が何を言っているか理解したようだ。

「おいおい、馬鹿をいうな。こんな子供が郡長なわけ……」

「カナレ郡長の年齢は十四歳という話らしいぞ。兄者は聞いておらんかったのか？」

「いや、この町には来たばっかだし……お前どこで聞いたんだ」

「酒場で客が話をしておったろ。聞いておらんかったのか？」

「いや、ほかの客の話なんていちいち聞かねーし、覚えもしねーよ」

リクヤは呆《あき》れたように言う。マイカは高い観察力と記憶力があるようだった。

「確かに良い服着てるし、どっかのお金持ちのお坊ちゃまだと思ってたが……本当に郡長なのか？」

私は頷《うなず》いた。

「まあ、郡長なのは分かったけど、家臣に勧誘ってのはないよな？　どうせ、普通の市民には任せられない、やばい仕事があるから、それを俺たちにやらせようって魂胆じゃ……」

「いや、家臣に勧誘したいと思っている」

「マジかよ……」

ぽかーん、とした表情を浮かべるリクヤ。相当驚いているようだ。

「ふふふ、驚くことはあるまい。どうやらこの私の才能が隠しきれていなかった、ということであろう」

腕を組み、ニマニマと笑みを浮かべながらマイカが言った。

「自己紹介が遅れたな。我が名はマイカ・フジミヤ！　ヨウ国一の天才軍師とは私のことである！」

派手に名乗りを上げた。

「お前の頭が良いのは、否定はしないが、軍師としての実績はゼロだろ……」

「ふん、それは亡き父上と兄者たちが、私の完璧な作戦を採用しなかったからに過ぎぬ」

二人だけに分かるような会話をする。何やら事情がありそうだ。

「てか、お前は初対面の人には、ただのチンチクリンにしか見えないから、お前目当てってことはないだろ」

「チ、チンチク……⁉」

「俺も見た目は平凡だし……あ、そうかタカオか、あいつ確かに見た目はめちゃくちゃ強そうだしな。タカオ目当てか！」

「兄者とはいえ言っていい事と悪い事があるぞ！」

憤慨するマイカだが、小さいのであまり怖くはない。

「てか、タカオは？」

リクヤはタカオのいる場所を探す。すぐに見つかった。

彼は最初に三人がいた掲示板の近くで、横になっていた。

どうやら寝ているようである。

「あいつは……また道端で寝やがって……」

リクヤは頭を抱えていた。

また、というからよくあることのようだ。

「あそこで寝てるのはタカオで、見た目通り結構強いんだが、恐ろしく馬鹿だ。家臣にするには向いてないと思うぞ」

「いや……私が家臣にしたいのは、彼だけじゃなく三人ともなんだが」

「えー……？　あれか？　タカオのついでってことか？」

「いや、だから、三人には才能があると思ったので」

「何でそんなことが分かる？」

リクヤは真っ当な指摘をした。

鑑定スキルのことを軽く説明しようとすると、

「ふふふ、だから、私の溢《あふ》れ出る才能は隠しきれてない、というわけであろう？」

マイカが腕を組み、ドヤ顔でそう言った。

「見ろ。こいつ、見た目チンチクリンな上に、言動も馬鹿っぽいんだぞ。よく知ってなければ普通家臣にしようとはしない」

「なっ！　に、二度までも、許せん!!」

二度もチンチクリンと言われ、怒ったマイカが、リクヤをポカポカと叩《たた》く。しかし、力がない上、殴り方も下手なので、リクヤは全く意に介していない。

「あの……面白い方々ですが、本当に家臣にして大丈夫なんですか？」

リーツが小声で聞いてきた。

一連の流れを見て、家臣が務まるのか不安を覚えたようだ。

私もちょっと不安になってきた。

特にタカオとマイカは、個性的な能力をしていたが、性格も個性的なようだった。

でも才能があるのは間違いないしな。

「多分大丈夫だ。とにかく疑われているみたいなので、説得する」

「分かりました」

小声でそう会話する。

「ぜぇ……ぜぇ……きょ、今日はこのくらいで許してやろう……」

殴り疲れたのかマイカは息を切らしている。

リクヤは一切ダメージを受けていないようなので、明らかに疲れ損である。

それからマイカは息を落ち着けた後、真剣な表情を浮かべる。

「ふう、まあ、私が一見ただのか弱き美少女であることは、よく把握している」

「自覚あったのなら怒るな……っていや、自分で美少女って言ったかお前？」

「そこは引っかかるところではない」

「いや……まあ、お前がそう思っているんなら別にいいか」

睨まれて面倒な目に遭いそうだと思ったか、お茶を濁すような感じでリクヤは言った。

ちなみにマイカは顔立ちは整っているので、美少女というのも間違いではないと思う。

「それに基本女は甘く見られるものだ。その上、明らかに我々は他所者で、初対面で家臣にしようなどと言われるのは、確かに怪しい……のだが、私は信じていいと思うぞ」

「何でだ？」

「さっき見た看板、才ある者ならばどんな者でも家臣にすると書いてあったであろう？　人種性別問わないと書いてあった。彼の側近として付いておる、あの男、明らかにサマフォース帝国に住んでいる者たちとは違う。あれはマルカ人だな。サマフォース帝国では差別されている存在なはずだ」

「マルカ人……それは聞いたことあるな。あいつがそうなのか」

「私も初めて目撃するが、聞いていた特徴と合致する。その者を側近として置いていると言うことから、あの看板に書かれていたことは、真実であるだろうな」

「それは分かったが、それだけで俺たちを家臣にしたいと思う理由にはならんだろ」

「才あるものはどんなものでも家臣にする、即ち、人の才能を正確に測ることが可能、と言うことでもあるはずだ。本当にそんなことが出来るのか、今までたまたま当たってきただけか分からぬが、今のところそれで有能な人材を登用してきたのは間違いないのだろうな」

「……本当に見抜けるのなら凄いが、それでも流石に見ただけでは見抜けないだろ？　試験受けさせるとか、面接するとかしないと」

「方法は本人しか分からぬだろう。見るだけでも十分かもしれん。実際、面接したり試験など受けさせたところで、使える人材であるかどうかなど、本当のところは分からんからな」

「うーむ……」

リクヤは一理あるかもと、悩んでいるようだった。

「ただ、私たちを勧誘するという選択をしている以上、あの子供の人を見抜く力は、本物かもしれぬがな」

鑑定スキルを持っているかもしれないと、人材募集の貼り紙だけで予測された。やはりマイカは頭の回転が早そうだ。

「マイカの言う通り本当に人の才能を見抜けるのか？」

「ああ」

私は正直にそう答えた。

ここは隠すより話した方が話が進みやすそうだしな。

「見るだけでいいのか？」

私は頷く。

「マジかよ……俺にもそんな力があれば、あんなことには……いや、無い物ねだりはダサいな」

リクヤは首を横に振る。

「君の力って、今の実力を見抜くのか？　それとも潜在能力を見抜くのか？」

「どちらもだ」

「どっちもか……俺は今まで器用にどんなことでもこなしてきたが、その反面飛び抜けた長所も持っていなかった。優等生扱いは常に受けてきたが、裏では器用貧乏と言われてきたのも知っていた」

リクヤは突然自分語りをし始めた。

「何か眠っている才能があればいいと思って生きてきたが、一向に見つからず、諦めかけていた。君が俺を家臣に誘っているということは、つまり、俺には何か隠された才能があるということだな」

「いや……えーと……正直、飛び抜けて高い能力はなかったというか。何でも出来て総合力は高く、いい人材かなと」

ちょっと言いにくかったが、正直にそう話した。

「そ、総合力は高い……えーと、良い風に言ってくれたけど……つまり今まで俺が受けてきた器用貧乏っていう評価は、間違っていなかったってことだよな？」

「ば、万能とも言えると思うぞ」

「万能と器用貧乏は同じ意味なんだよ！」

だいぶ自分の能力に関してコンプレックスを持っていたのか、落ち込むリクヤ。

「貴様！　兄者は凡人で、普通で、特にこれと言って特徴のないということを、気にしていたんだぞ！　万能なんて兄者からすれば、悪口にしかならん！」

「凡人⁉　普通⁉　特にこれと言って特徴がない⁉」

マイカの言葉がグサグサと胸に刺さったのか、リクヤはさらに落ち込む。

「ほら！　貴様のせいで兄者があんなに落ち込んで……」

「ほとんどお前のせいだ馬鹿野郎！」

少し涙目になってリクヤは怒鳴る。

「兄貴、姉貴……腹減った」

突如、背後からタカオがやってきた。

さっきまで寝ていたがどうやら起きたようだ。

お腹をぐーと、派手に鳴らしている。

「さっき飯食ったばっかだろ。我慢しろ」

「あれは飯じゃない……おやつ……」

「一般人にはあれが飯なんだ。金がねーから、我慢しろって」

リクヤがそう言うと、タカオはガックリと肩を落とした。物凄く落ち込んでいる。

大きな体をしているが、食べる量も多いようだ。

「とにかく俺たちを家臣にしたいと言うのは、分かった……が……」

リクヤは腕を組み悩む。

「やっぱり駄目だな。家臣にはなれない」

しばらく考えてそう結論を出した。

「給金に関しては、多く出せるぞ」

家臣たちには、ほかの仕事ではそう簡単には稼げないくらいの、給金は出している。

「金の問題じゃない。まあ、金に困ってんのは事実だけどな」

「それはなぜ？」

「色々事情があってな……」

あまり詳しくは話したくなさそうだった。出会ったばかりなので、無理に聞き出さない方がいいだろう。

「兄者、一応言っておくが、ここで家臣になる話を呑《の》めば、我らの悲願を果たすのが、だいぶ早くなる可能性はあるぞ」

「む……」

マイカからそう言われて、再び考えるリクヤ。どうやらマイカは家臣になることに関して、肯定的に考えているらしい。

「いやいや、駄目だ。やはり家臣にはならない」

考えた末に、リクヤは同じ結論を出した。

「そうか」

マイカもそれ以上反論するつもりはないようだ。我の強そうな性格のマイカだが、最終的な決定はリクヤに任せているようである。

「俺たちを家臣にしたいと言う話は光栄だったが、それはやっぱり受けることが出来ない」

改めてきっぱりと断ってきた。

簡単には諦めたくなかったので、どう返答するべきか悩んでいると、

「それは残念ですね、アルス様。ところで三人は、カナレにはいつまでいるつもりなんですか？」

リーツがそう質問をした。

「仕事が見つかれば、しばらくはいるつもりだが、見つからなければ別の町に行くつもりだ」

「そうですか。良ければ仕事について、紹介して差し上げることは出来ますよ。ローベント家が口利きをすれば、仕事も見つかりやすくなるはずです」

リーツはそう提案した。

なるほど、そうすれば少なくとも三人はしばらくカナレに残るし、恩を売ることも出来る。何か事情があって、家臣になれないと言っているようだが、もしかしたら時間が経てば気が変わるかもしれない。悪くない考えだった。

「え？　マジで！　こっちは断ったってのに……アンタ良い奴だな！」

「兄者……ちょっと素直すぎるぞ。我らをこの町に留めて、じっくりと勧誘するつもりであろう。恩を売れば、要求も通りやすくなるだろうし。情けは人のためならず。ということだな」

リクヤは素直なので信じたようだが、マイカは流石に狙いを見破ったようだ。

まあ、分かりやすくはあるからな。

「な、なるほど……」

「ただ、我らとしては良い話なので、受けるべきだと思うぞ。明らかに余所者の我らでも、郡長の口利きがあれば、仕事につくことはできるだろうし。今のまま彷徨《さまよ》ってたら、いつ仕事を見つけられるかわかったものではない。別に仕事を斡旋《あっせん》してもらうのは、家臣になるわけではないし、それは兄者としても別に良いのではないか？」

「確かにそれはそうだが……」

マイカの言葉を聞き、リクヤが悩んでいると、

「仕事が見つかるなら、そうした方がいい。仕事あったら、今より飯たくさん食える」

今度はタカオがそう意見を言った。

「お前は食うことしか頭にないのか……いや、まあでも食えるのは大事だよな」

リクヤは方針が固まったようで、リーツの方を真剣な表情で見て、

「その話、こちらからもぜひお願いしたい」

そう言ってきた。

「かしこまりました。詳しい話は、明日カナレ城までお越しください」

「分かった」

リクヤは頷いた。

とにかくこれで三人をカナレにとどめることは出来たな。

まあ、家臣になってもらえるかは分からないが、他所に行かれるよりはカナレにいてもらった方がいいだろう。

それから私たちは三人と別れ、カナレ城へと戻った。

○

「リーツ。先程は機転を利かせてくれて助かった」

「そ、そんなお礼を言われるような事ではないですよ」

先程三人に仕事の斡旋の話をしてくれたことについてお礼を言ったら、リーツはだいぶ恐縮していた。

「ところでリーツは彼らの母国であるヨウ国、という国を知っているか？」

「……聞いたことはありますね。確か、サマフォース大陸から遠く南東にある島にある国だった気がします。どんな国かは詳しくは知りません。申し訳ありません」

「いや、謝ることではない。何か事情があったようだから、その事情さえわかれば、勧誘も上手くいくかもしれないと思った。少なくとも妹のマイカは、家臣になった方がいいと考えてたようでもあるし」

「そうですね……ロセルなら詳しく知っているかもしれません。彼の知識量はずば抜けていますので」

ロセルは記憶力が人並み外れて高い。その上、本を読みまくっているので、知識量に関しては、家臣たちの中で一番豊富だ。確かに彼に聞けば、何か知っているかもしれない。

私はロセルに話を聞きに行くため、彼がよくいる書物室へと向かった。

静かな書物室で、ロセルは何かを書いていた。

周りには様々な本が無造作に置かれている。

ロセルは本を読んで勉強をしたり、新しい道具や兵器のアイディアを出していたり、リーツと一緒に今後のカナレの政策を考えたり、結構色々やっている。今回はアイディアをまとめているようだった。

「ロセル、ちょっといいか？」

「あ、アルス。どうしたの？」

ロセルは集中力が高いので、私が部屋に入っても気付かず作業をしていたが、声をかけたら流石に気づいた。

「ちょっと話を聞きたくて……ロセルはヨウ国という国を知ってるか？」

「ヨウ国？　知ってるよ」

あっさりとそう返答した。

「サマフォース大陸から南東にある島にある国だよ。サマフォース帝国と一緒で、内乱が起こっているらしいんだよね。俺が読んだ書物はだいぶ前に書かれた物だから、もう治まっているかもしれないけど」

「内乱か……」

「うんうん。人種はサマフォース帝国にいる人たちとは結構違って……あと、内乱は頻繁に起こっているみたいだから、荒っぽい人たちが多いみたいだね。武術とか剣術とかも発達してて、大昔、まだサマフォース帝国ができる前の時代だね。その時にはヨウ国から渡ってきた傭兵団《ようへいだん》が、大暴れしたって記述もあるよ」

ロセルはそれからヨウ国についての知識をペラペラと話し始めた。

別に他国のことを専門に調べているわけではないのに、よくここまで説明できるものだと感心した。

「何でヨウ国について知りたかったの？」

一通りロセルは説明した後、私に質問をしてきた。

リクヤたちとのことについて、事情を説明する。

「へー、そんなことが。相変わらず変わった人を家臣にしようとするよね」

「優秀な人材なら家臣にするべきだと考えている」

「まあ、そうかもしんないけど。でも何で家臣になってくれないんだろうね。異国の人なら、仕事も見つけづらいし、家臣になった方が良さそうだけど……」

ロセルにも、リクヤたちが家臣になるのを断った理由は分からないようだ。

「あれ？　さっき、フジミヤって言った？」

先程リクヤたちの名前も一緒に説明したのだが、ロセルはそこに引っかかりを覚えているようだった。

「フジミヤって、確かヨウ国の王族の姓だったはずだよ」

「王族?」

「うん、フジミヤ王家の権力が揺らいで、内乱が起きたって流れだった」

「じゃあ、もしかして彼らは内乱で負けて、サマフォース帝国に流れてきたとか?」

ロセルはだいぶ前の書物を読んでいたようなので、すでに内乱に決着がついていてもおかしくはない。

「……いや、姓が一緒なだけで王族の人と考えるのは早計だね。王族の姓ってことで、それにあやかって名乗る人もいるから、フジミヤ姓の人は結構多いみたいだし。サマフォース帝国じゃ、皇帝家の姓を名乗るのは禁止されているから、ほかにはいないけどね」

「なるほど……」

確かに早まった考えではあったが……

ただ、鑑定して得た情報によると、三人はめちゃくちゃ兄弟姉妹が多い。それに、リクヤの母は死去しており、マイカとタカオの母は生きていることから、母親は間違いなく違う。一夫多妻の可能性があり、王族となるとそれも納得がいく。

それにリクヤが腰に下げていた剣は、平民が持てるような剣には、ぱっと見では見えなかった。王族じゃなくとも、ヨウ国では元々高貴な身分だったという可能性は確かに高いかもしれない。

「でも、王族なら家臣にならないのも、納得はいくかもね。今は負けて他国に流れ着いたとはいえ、かつて王族だった人が、誰かの家臣になるのは、気分的には良くないだろうし」

「でも、それを言うなら、労働者になる方が問題なんじゃないか？」

「それはどんな仕事をするかにもよるんじゃないかな。それに、仕事はやめて独立もできるけど、家臣になったら簡単に抜けることはできないでしょ？」

貴族の家臣になるということは、忠誠を誓うということでもあるので、やめたくなったらやめていいような気軽な関係ではない。貴族によっては裏切りと見做《みな》し、処刑する場合もある。

まあ、一応私としてはどうしても家臣をやめたいと言うのなら、普通にやめさせてあげるつもりだけど。少なくとも処刑するつもりはない。この戦乱の時代だと、ちょっと甘い考えかも知れないがな。

「その辺の考え方に関しては、当人たちにしか分からないことじゃないかな」

「それもそうだな……しかし、王族だということが理由で、家臣になることを断っているのだとすると、どう誘えば良いのだろうか？」

「………うーん」

ロセルはだいぶ悩んでいる。

確かに出自を理由に断られては、どう説得すればいいのか分からない。

簡単には方法はわからないだろう。

「とりあえずもう一回会って話してみるしかないんじゃないかな？　フジミヤさん達が本当に王族かどうかも、それで分かるだろうし」

「それもそうか……」

当然の結論をロセルは出した。

素直に王族だと言うかは分からないが、もう一度会って話をしてみないことには、進展はしないだろう。

リーツが機転を利かせてくれたおかげで、三人は明日カナレ城へと来る。

そこで話をすることは可能だろう。

明日、三人ともう一度話をしてみよう。

○

翌日。

リクヤたちが、カナレ城へとやってきたので、私はリーツと一緒に出迎えていた。

「ここがカナレ城か……」

城の中の入ったリクヤは物珍しそうに、城の中を見ている。

「兄貴、今日は美味しいものいっぱい食べられるのか？」

「お前は食い物にしか興味ないな……仕事の話をしに来たから、飯は食わねぇよ！」

リクヤがそう言うと、タカオはしょんぼりとした。

それから三人を執務室へと案内した。

三人の素性や、ミーシアンに来た経緯、なぜ家臣になれないのかなど、詳しい事情を早く聞きたいところではあるのだが、まずは約束通り仕事の紹介をすることにした。

「しかし、本当に仕事を紹介なんてしてくれるのか？」

「はい、カナレは今発展している最中で、仕事の募集は多いですよ。どういった仕事をご希望なんですか？」

リーツがそう質問する。

「この私の英知を有効活用できるような仕事を希望する」

その質問にはマイカが答えた。

「えーと……頭を使う仕事という事で良いですか？」

「うむ」

マイカは頷く。

「待て待て、それはお前は良いかもしれないが、タカオには出来ないだろうが。タカオは力仕事くらいしか出来ないぞ」

「ち、力仕事だと？　そんなもの非力な私が出来るわけないではないか」

特徴が違い過ぎて同じ仕事は出来なそうだな。

「三人とも別の仕事をしてみてはどうだ？」

「べ、別の仕事……？」

私がそう提案した瞬間、マイカが不安そうな表情を浮かべる。

「い、いや、まあ、確かに悪くない案かもしれぬが、私がおらんと、兄者とタカオは心細かろう。やはり三人一緒に出来る仕事を見つけるべき……」

「ああ、こいつ言動は大物ぶってるけど、意外と小心者なところがあるんだよ。やっぱ一緒に仕事できればいいな」

「しょ、小心者ではない！　私は兄者とタカオが心配で言ってるだけだぞ！」

マイカはかなり焦りながら誤魔化す。

「あー、はいはい、そういうことにしといてやるよ」

リクヤは適当にあしらう。

「マイカもだが、タカオも一人では仕事できないからな」

「飯食う仕事があったら一人でも出来るぞ」

「ほらこんなんだし」

確かにタカオを一人にするのは、かなり不安そうだな。

しかし、特技が対照的なマイカとタカオが同時に活躍できる仕事となると、何があるだろうか。

「そもそも我らは、どこかで仕事を貰《もら》うのではなく、新しく事業を始めたいと思っているのだ」

いきなりマイカが前提を覆すようなことを言ってきた。

「事業ですか？　しかし、そうなると元手が必要ですが……」

「そうだマイカ、俺たちにそんなものはないぞ」

「……兄者がその宝剣を売れば、元手も得られるのだがな」

マイカは、リクヤが携帯している剣を見ながらそう言った。

「な！　こ、これは絶対売らないって言っただろうが！　聞いてなかったとは言わせないぞ！」

「聞いてたが、納得はしておらぬ。実用性ならその剣はそれほど良いものではないし、さっさと売って金に換えてしまえば良いだろうに」

「おいおい、駄目だろそれは。こいつがなかったら、俺たちが帰った時、味方してくれる奴がいなくなる」

「ふん、この剣にそんな力があれば、我らがサマフォース帝国に来る必要もなかっただろう。人を動かすのに必要なのはまずは金であろう」

「そんなことないだろ！」

何だか少し険悪なムードになってきた。話している内容は二人だけに分かるものだったので、よく分からなかった。

「タカオ、お前はどう思う⁉」

「え……？　俺は兄貴に従うけど……」

「ほら、二対一だぜ！」

「タカオ、剣を売ればお金がたくさん入って、美味いものを食べ放題になるぞ」

「え？　じゃあ、売ろう」

「ふふふ、二対一だな」

「おい、ひ、卑怯《ひきょう》だぞ！　タカオを巻き込むな！」

「最初に巻き込んだのは兄者だぞ⁉」

マイカとリクヤは睨み合う。

「大体、この剣そんなに高く売れるのか？　サマフォースの人にこの剣の価値は正確には測れないだろ」

「我らの国では値段をつけられぬ程の代物ではあるが……この国でどのくらいの値がつくかは分からぬな。ただ、使っている素材からして安値がつくことはあるまい」

マイカはそう断言する。

「その剣、ちょっとだけ見せていただいてもいいですか？」

リーツがそう尋ねた。

「いいけど……」

そう言って、リクヤは剣を腰から取り、リーツに見せた。

反りが入っている剣で、前世で見た刀に近い形状である。

鞘《さや》は赤色と金色だ。金色の部分は実際に金が使われているようである。

鍔《つば》は金で出来ているようだ。青色の宝石が埋め込まれている。柄頭の部分も金で出来ており、そこにも青色の宝石が埋め込まれていた。

「剣を抜いてもらっても良いですか？」

「ああ」

リクヤは抜刀する。

綺麗《きれい》な刀身だった。あまり刀や剣には詳しくないが、腕の良い職人が作ってそうである。

「シミター……に近い形状の剣ですね。凄く良く切れそうだ。あと、この宝石はブルーダイヤモンドですね……」

ブルーダイヤモンドって言ったら、めちゃくちゃ高い物だったような……

いや、それは地球での話か。

この世界のブルーダイヤモンドがどのくらいするかは分からないな。

「鞘や柄の意匠も見事ですし、使っている素材も綺麗です。剣身を見る限り、剣としての実用性も高そうですね……これは武具収集を趣味としている貴族からは、相当高値がつくと思いますよ。金貨百枚は最低でも超えてくると思います」

「百枚⁉　ってかなりやばい額だよな？」

金貨十枚あれば、一年生活できるので、それの十倍となるとかなりの金額ではある。

リクヤは相当驚いている。

逆にマイカは不満げな表情だ。

「もっと高いと思うぞ、私は千枚くらいはしそうだと思っておったが」

「あくまで最低ですので。コレクターの方達が、どのくらい評価をするかは、それこそ見せてみないと分からないでしょう。もしかしたら千枚という方がいてもおかしくはありません」

「千枚もあり得るのか……？」

リクヤは自らの手にある宝剣を見て、ごくりと生唾を飲み込んだ。

売れるだろうとは思っていたが、そこまで価値がつくとは想像していなかったようである。

さっきまで売るつもりは全くなかったようだが、少し心が動いているようだ。

「百枚じゃ事業を始めるのは心もとないし、もっと高値がついて欲しいところだな。そうだ、今回は仕事を紹介してもらうという話だったが、よければ宝剣の買取先を探してきてもらえんか？　売上の何割かは渡すし、悪くない話のはずだ」

「……おい！　か、勝手に売る方向で話を進めるな！」

勝手に商談を始めたマイカを、リクヤが注意した。

「むう、しつこいのう。売ってしまえば、万事うまくいくかもしれんのに」

「ぐ……」

「そのお話は大変ありがたいので、販売したいというのでしたら、お話を聞きますよ」

リーツがそう言った。確かにローベント家としても、メリットしかない話だ。

リクヤは剣を見ながら悩みに悩んでいる。

いくら大事な物とは言え、金がない状態で金貨百枚以上というのは、即売ってしまいそうな気もするが、それでも悩むという事は、よっぽど重要な物なのだろう。

「確かにそれだけの金は欲しい……だが、結局この宝剣は……ヨウ国では値段をつけられないほどの代物なんだ。金貨千枚でもこいつの値段にしては安すぎる」

「それは事実ではあるが、ヨウ国にはもう帰れん以上、詮無きことであるぞ」

「ぐぬぬ……」

マイカの言葉を聞き、リクヤは反論する言葉がないようだ。

二人の口ぶりでは、ヨウ国では途方もなく価値のあるような剣のようだ。

本当なら何なんだろうかあの宝剣は。

確かに凄く腕の良い職人が作ってそうなのは分かるが、それだけでそこまでの価値はつかないだろう。

「その宝剣は何なんだ？　そんなに君たちの国では価値のある物なのか？」

気になったので、私は尋ねてみた。

「これは代々フジミヤ家に伝わる家宝、龍絶刀《りゅうぜつとう》だ。名の通りかつて龍を斬ったとも言われる名刀だ」

「龍を斬った……」

龍はまだ異世界に来てから一度も見たことがない。そもそもいるのだろうか？　サマフォース帝国には生息していない。外国にはいるらしいのだが、正直あんまり信じていない。異世界に来てから、羽の生えた犬とか角のある猫とか、地球にはいない動物は、何体か見てきたが、ファンタジーにいそうな魔物みたいな存在は未だに見たことはない。

しかし、代々フジミヤ家に伝わると言っていたが、やはりそんなものが一般の平民の家庭にある可能性は低いし、彼らはヨウ国では高い身分にあったのだろう。

「一つ聞きたいことがあるのだが」

ここで私は彼らの出自について、思い切って尋ねてみることにした。

「何だ？」

「ヨウ国について調べ、ヨウ国の王家の姓がフジミヤという情報を得たのだが、君達と何か関係があるのか？」

そう尋ねると、リクヤとマイカは驚いたような表情を浮かべた。

「し、調べたのか？　俺たちの事」

「……サマフォース帝国に、ヨウ国の情報が伝わっておったのだな……交易もほとんどしておらんはずだが」

「実際、ヨウ国出身ってこっちに来て何度か言ったけど、毎回どこだそれって表情されてたよな」

リクヤとマイカの二人はだいぶ驚いていた。タカオは相変わらず我関せずという態度を貫いている。

「アンタらは悪い奴らじゃなさそうだし……喋《しゃべ》っても良いか」

意を決したような表情をリクヤは浮かべる。

「俺はそのヨウ国を元々治めていたフジミヤ家の現当主だ」

あっさりと自身の正体を白状した。

予想していたとはいえ、本当に王族だったとはな。

「マイカとタカオも、母親は違うが同じく王家の人間だ。国内で反乱が起きて、国王である父親と、血族がだいぶ死んでしまった。俺たちは何とかこの剣を持って、ヨウ国を脱出して、この国に流れ着いたんだ」

リクヤはなぜサマフォースにいるのか理由を語った。

「そうだったのか……」

「元王家と言っても、国に戻ったら即処刑される身だし、この国では特に何の権威も持ってないから、今は平民と変わらん。いや、外国出身なだけ、平民以下だ。何かに利用しようと思っても無駄だぞ」

釘《くぎ》を刺すためにリクヤは言ってきたので、私は「そんなつもりはない」と否定した。

「フジミヤ家を継ぐものは、この龍絶刀を代々継承する。ようは、ヨウ国の王の象徴のような剣なんだ」

リクヤは龍絶刀を掲げながらそう言った。確かにそれは値段が付けられないほど、高価なものだろう。

「そんな大事なもの、流石に売らない方が良いんじゃないか？」

「先立つものは金だ。我らはヨウ国に帰還し、フジミヤ家の再興を目指すつもりだからな。まずは金を手に入れ兵を雇えるようにならねばいかん」

「再興を目指しているのか？」

「無論だ。追い出されたままで終われるものか」

真剣な表情でマイカは言った。

そんなこと可能だろうか。

サマフォース人の兵を集めて、ヨウ国に侵攻を仕掛けるってことだろう。

まあ、傭兵はこの国には大勢いる。

金さえもらえれば、別に外国で戦うことになっても良いという者もいるだろうし、金さえあれば、それも不可能ではないのだろうが……

それでも一国相手に戦を仕掛けて果たして勝てるのか？

「ヨウ国は魔法の技術が極めて未熟だからな。この国で魔法を使える人材を集めれば、勝利は可能だ」

マイカは自信があるようだった。

魔法は確かに絶大な効力を発揮するので、相手が未熟なら戦を有利に進めることが可能なはずだ。

「お金が必要なのは分かりますが、やはりそれだけの代物なら、手放してはいけないのではありませんか？　三人がヨウ国に帰還する際、フジミヤ家に味方する者も必要でしょうが、その剣があれば味方が作りやすくなるはずです。それに、王に返り咲くときにその剣がなくては、正統な王とは見なされないという可能性もあるでしょう」

リーツがそう意見を言った。

「そ、そうだ。俺はそういうことを言いたかったんだ！　リーツさんだっけな！　アンタ良いこと言うな！」

リクヤがリーツの言葉に同調する。

「この剣を持っておった方が、国に帰ったときにうまく行きやすくなるのは認めるが、物事には優先順位というものがあろう。何の力もないものが、これだけ持っていても無用の長物。仮にこれだけ持ってヨウ国に帰っても、支配している連中に奪われて終わりである。まずは力を持たねば何も始まらぬし、この剣を売らねば力を手にすることなど出来ぬのなら、一刻も早く売るべきであろう。それに味方を得るのも、統治する正統性を得るのも、力さえあれば何とでもなる。現に今ヨウ国を治めている連中は、この剣などなくてもヨウ国を力で支配しておるだろう」

マイカの意見にも理はあるように思えた。地道に働いて大金を稼ぐというのは、相当難易度が高く、時間もかかるだろう。

ヨウ国からフジミヤ家が追い出されてどれくらい経過しているのかは分からないが、時間が経てば経つほど、今ヨウ国を支配している者達の地盤は固まっていき、侵攻するのも難しくなるだろう。だから、戦力を得るのは早ければ早いほど良いだろう。

「どの道、フジミヤ家を確実に再興できる道など存在しない。より確実性の高い道を選ぶべきである」

「むう……」

リクヤはマイカの言葉に反論が思いつかなかったようだ。それでも剣を売ること自体には抵抗を感じているようである。

やはりそれだけ大事に思っている物なのだろう。

「でも、これがなきゃあ俺がフジミヤの当主だと自信を持って名乗れなくなる気がするんだ……」

不安げな表情でリクヤは龍絶刀を見ながらポロリと呟いた。

「……そんな弱気ではいかんぞ。兄者は間違いなく、フジミヤ家の当主で、ヨウ国を王として統治する正統な権利を持っている者である。この剣があろうとなかろうとそれは変わらぬ。今、不当に国を支配している連中を一掃して、国王になってやると言うくらいの覇気がなくてどうする」

　本音を漏らしたリクヤに、マイカが活を入れるようにそう言った。

「一度私の家臣になれば、その剣を売らずに目標を達成できるかもしれないが、考え直す気はないか？　給金はかなり出せると思うし、今後私が領主として領地を強く出来れば、兵力を貸すこともできるかもしれない」

　ここで再び三人を家臣に勧誘してみた。

　まあ、仮に兵力を貸して、彼らがヨウ国に戻ったら、家臣ではなくなるのか。

　ただ、一国の王に大きな恩を売れるのは、かなり大きいことではありそうだ。

　リクヤは私の申し出を受けて、少し悩むが結論を出した。

「……いや、やはり王族として誰かの家臣にはなれない。というか、もし仮に俺がアンタの家臣になって、ヨウ国を攻め落としたら、それはアンタがヨウ国を攻め落としたことになるだろ。そうなると、ヨウ国はサマフォース帝国の属国になっちまうのでは？」

「それは……考えすぎでは……？」

「いや、なるほどな。そうなると、ヨウ国はローベント家の属国のように扱われても文句は言えん。お主、可愛い顔して中々腹黒い事を考える」

「誤解だ！」

普通に対等な関係を築ければと思っていただけに、あらぬ誤解だった。

「最初は私も家臣になるのも良いかとも思ったが、他力本願な考えではあるからな。やはり自分達の力で道は切り開いた方がいいだろう」

マイカも今は家臣になることに前向きではないようだった。

「そう言えば、事業を起こすと言っていたが、成功する自信があるのか？」

「ふふふ、元の資金さえあれば確実に上手く行くはず……おっと具体的な話は教えられぬぞ！　真似されると困るからな！」

妙に自信があるようだったが、若干怪しい。

前世では、同じような表情をしながら、「絶対成功する！」と言い、新しい会社を立ち上げた知り合いがいたのだが、彼の会社は結局倒産して、多額の借金を背負うことになった。

マイカが同じになるとは言わないが……少し心配ではある。

「アンタが俺たちを悪いようにするとは言わないが、やっぱりフジミヤ家の当主として、誰かの家臣にはなれない。何かよっぽどの事がなければな」

リクヤは最後にそう付け加えた。

よっぽどの事とは何か分からないが、これはやはりそう簡単に勧誘は出来なそうだ。

優秀な人材は一人でも多く家臣にしたいが、ここは諦めた方が良さそうだな。

「さて、ということでさっさと龍絶刀を売ってしまおう。話を進めてくれるか」

「ま、待てってだから、本当に売っていいのかこれは」

「売るしかないと本当は兄者もわかっておるのだろう？」

「ぐ……」

　リクヤはそれから数分悩み続ける。

「やっぱりそれはもうちょっと考えさせてくれ」

　と結局結論は出なかった。

「はぁー、優柔不断だな……」

　マイカは呆れたような表情でそう言った。


　その後、当初の予定通り三人に仕事を紹介した。

　現在は本当にちょっとしかお金がなく、食い繋《つな》ぐため一刻も早く仕事を見つけなければならないとの事だった。

　三人に紹介した仕事は宿屋の仕事だった。

　カナレでは人口が増加傾向で、外部からの旅行者も増えている。

　宿屋の需要が高まり、新しい店が増えていた。

　既存の店も、規模を増やすためリフォームしたり、働き手を増やしたりしているので、労働者の募集は多かった。

仕事内容も、力仕事もあれば、お金の勘定など頭を使う事も多く、三人同時に働くには向いている職場だった。

ローベント家は、カナレの宿屋新設を支援しているので、人材の紹介も非常にし易く、話はスムーズに進み、明日から働くことになった。

「この私が宿屋の下働きか……背に腹は代えられないな……」

マイカはだいぶ不満そうだった。

まあ、元王族と考えると、そういう感想になるのも無理はないだろう。

「今日は仕事を紹介してくれて助かった。いずれこの恩は必ず返す」

「そうだな。事業に成功したら、カナレを本拠地にするだろうから、その時必ず借りを返さぬとな」

「だいぶ先になりそうだな」

「先になどなるか！　すぐに返す！　この剣についても売ると決めたら、また話をしに来るぞ！」

「ああ、分かった」

三人はそう言ってカナレ城を去っていった。

家臣にはなってくれないかもしれないが、彼らがカナレの街にいい影響を与えてくれれば、こうして仕事を紹介した甲斐《かい》もあるし、期待しておこう。

○

カナレの町、とある宿屋。

住み込みで働く事になったフジミヤ三兄弟は、働いた後、部屋で休憩していた。

「あー疲れた！　というか聞いておらんぞ！　私も普通に力仕事をさせられるではないか！」

疲れてテンションがおかしくなっているマイカがそう叫んだ。

元々、収支計算など事務作業をする予定であったが、客が多すぎてマイカも料理を運んだり、掃除をしたり、荷物を運んだりなど力仕事をさせられる事になった。

「そんなきつかったか？　俺はまかない貰えて大満足。一生ここで働きたい」

タカオは疲れた様子はなく、逆に幸せそうな様子だった。

よく働くタカオに、宿屋の店長がまかないを普通より多く振る舞ったので、それだけで彼は満足だったようだ。

「冗談ではない。なるべく早く仕事はやめて、独立するぞ。我らはかなり無茶なことをやろうとしておるのだ。なるべく早く戦力を整えなければ、成功確率は今よりさらに下がるだろう。カナレ郡長のローベント家に、才能を認められていると言うのは、幸いでもある。この町で事業を起こすのに手助けしてくれるかもしれん。何度も手を借りるのは少々癪《しゃく》ではあるが、文句を言っていられるような状況ではないのでな。とにかく、兄者が龍絶刀を売る決断をすればいいのだが……」

マイカはリクヤの方を見る。

彼は、まだどうするか悩んでおり、龍絶刀を手に取り眺めていた。

「うーん……いやでもな……」

「俺もその剣売った方がいいと思う。町歩いてると、良くない視線を感じる」

「良くない視線？　盗人にでも目をつけられておるのか？　タカオは昔から感覚が鋭いからな」

タカオは戦闘においては、腕っ節が強いだけでなく勘も鋭い。隙も少なく、相当な実力を持っていた。

「見た目的に高そうだからな。そういう意味でも、あんまり長く持たん方が良いか」

「盗まれはしないだろ。肌身離さず持ってるんだから。仮に強引に奪いにきても、タカオと俺なら追い払える。今までも何度か似たようなことはあっただろ？」

サマフォース帝国に来てから、何度か危険な目には遭ってきたが、その度に三人は力を合わせて切り抜けてきた。

「今までは大丈夫だからといって、これからも大丈夫だと言う考えは、危険だぞ。金のためなら人間は人殺しだってするからな。剣を守るため死んでは意味がないぞ」

「それはそうだな……」

リクヤは龍絶刀を眺める。

「正直俺も思い切って売った方がいいような気がしてきた。こいつがなければ俺は単なる平凡な男に過ぎない。それでも、フジミヤ家の血を引いているのは間違いないんだ。この剣を持っていないと、胸を張ってフジミヤ家の当主である、と言えない、今の俺のままでいいとも思えない」

「その通りだ兄者。ヨウ国もこのサマフォース帝国も、今は実力がものを言う時代に突入しておる。弱いところを見せれば死ぬような時代なのだ。兄者一人ではフジミヤ家を滅亡させた怪物どもには敵わぬかもしれぬが、我ら兄弟の力が合わされば、龍絶刀などなくともきっと勝てるはずだ。なあ、タカオ」

「うん、腹一杯食ってぐっすり寝れるようになる」

「……ちょっと期待した答えと違うが、まあ良いだろう」

「マイカ、タカオ……」

少し感動した目つきで、リクヤは二人の姿を見つめる。

「よし、決めた。売るぞ！」

リクヤはそう結論を出した。

「そうと決まれば早速明日、カナレ城に行ってみようではないか。あの者たちは信用できると思ったし、きちんと龍絶刀の販売先を見つけてくれるはずだ」

「俺もそれがいいと思う。俺たちだけでその辺の商人に売りに行ったら、足下を見られそうだしな」

「金がいっぱい。飯いっぱい」

「言っておくがタカオ。金は事業のための物だから、食事の量は増やしたりは出来ぬぞ」

「えー⁉」

タカオはマイカの言葉を聞き、強いショックを受けたような表情を浮かべた。

「まあまあ、一日くらいは贅沢《ぜいたく》すんのもいいだろう」

ショックを受けるタカオをリクヤが慰める。

「ん……？」

リクヤは部屋の窓の方を見つめて、怪訝な表情を浮かべる。

「兄者、どうした？」

「いや、外で何か動いたような気がしたんだが……」

「ふむ……何者かが覗《のぞ》いていたのかもしれんな。タカオは何か感じたか？」

「窓の方、警戒してなかったから分からなかった」

「そうか。もしかすると盗人か何かがいるかもしれないから、警戒しておけ」

リクヤの指示を聞いたタカオは真剣な表情で頷いた。

○

カナレ城。

執務室にて私は報告を受けていた。

「フジミヤ三兄弟はきちんと宿屋で働いているそうです」

「そうか、それは良かった」

「しかし、少し心配な面もありますね。リクヤさんの持っていたあの剣ですが、一個人が持つには高価すぎる物ですので」

「確かにな……タカオはかなり強いのだろうが、それでも大人数相手に戦うことになったら、流石に負けるだろうしな……」

カナレでは一応厳しい法律を作り、さらに、警備兵などを増やしたことで、治安は良くなっている。それでも、盗賊がいたりするので、犯罪はゼロにはなっていない。龍絶刀は見るからに高そうに見えるので、犯罪者に目を付けられても、不思議ではない。

「あ、それとファムから報告が上がっていたので、アルス様のお耳にも入れたいと思っていましたが、大丈夫ですか？」

「ファムから？　どんな報告だ」

「ファムたちにはこの町で猛威を振るっている盗賊の調査をお願いしていたのですが、どうやらファムたちの力を以《もっ》てしても、尻尾を掴《つか》むには至らなかったようで、どうやら未知の魔道具を使っている可能性があるとのことです」

ファムたちに盗賊の調査をさせていたのか。こういうコソコソ犯罪を犯すような相手を見つけ出すのは、ファムたちにとっては得意分野だと思うが、それでもうまくいかなかったのか。思ったよりやり手の相手みたいだ。

未知の魔道具ってのも気になる。

魔法技術が進歩してきてから、サマフォースでは誰が作ったのかも分からないような、未知の魔道具が溢れている。

まあ、基本はガラクタだ。なので、戦では専《もっぱ》ら触媒機が使われている。

ただ、ごく稀《まれ》にそれなりに使い道がある魔道具が見つかることもある。

今回そういった魔道具が使われて、その効果で盗賊は追っ手に見つからないようにしているのなら、見つけるのはかなり難しいかもしれない。

「どういった魔道具か、全く見当もついていないのか？」

「自身の出す音を消す効果があるようです」

詳しい原理は分からないが、音を消すのは音魔法でも使っているのだろうか？

確かに音を消せるとなると、物を盗みやすくなりそうだ。

「盗賊団からの被害は数十件上がっており、今後は人員を増やして、調査網を広げていくつもりです」

「早く捕まえられればいいな」

というか、そんなやばい盗賊団がカナレにいるということは、リクヤたちは本当に大丈夫なんだろうか？

あとで、注意喚起をしておいた方がいいだろうな。

○

夜が更けた頃、ベッドで寝ていたタカオは気配を感じて目を覚ました。

（誰か入ってきた……）

数は二人。性別年齢は不明。

夜なので暗く、視界は著しく悪い。

その上、物音も特に聞こえたというわけではないのだが、彼は超人的な感覚で侵入者の存在をいち早く察知していた。

リクヤとマイカは気づいていない。

寝息を立てている。寝ているようだ。

侵入者がリクヤの側に近づく気配をタカオは察知した。

タカオは瞬時に起き上がり、侵入者にタックルをした。

巨体とは思えないほどのスピードだ。

タカオは大きくてパワーもあるが、その上スピードもあった。身体能力が、非常に優れていた。

巨体に突進され、侵入者は吹き飛び壁に激突した。

明らかに強く壁に当たったのに、物音が全くしなかったことに、タカオは少し疑問に思ったが、理由を考えようとは思わなかった。戦うのは得意であるが、考えるのはあまり得意ではない。吹き飛ばされた侵入者だったが、彼も常人ではないようですぐに立ち上がった。身構えながら、懐からナイフを抜いた。

タカオは武器は持っていないが、怯《ひる》むことはなかった。

彼は格闘能力が非常に高く、相手が武器を持っていても、簡単に制圧できる自信があった。

タカオは侵入者を撃退するため臨戦態勢を取った。

○

「なんだぁ……」

タカオがタックルをかました事で、リクヤが目を覚ましていた。

寝ぼけながら周囲を見る。

「っ！」

暗くて見え辛い状態ではあるが、僅かな明かりはあるので、リクヤは侵入者を見ることが出来た。

瞬時に近くにあった龍絶刀を手に取り、引き抜き臨戦態勢を取る。

リクヤは自分からは動かない。視界が悪いので不用意に斬りかかって外したりしたらまずい。急な襲撃ではあったが、リクヤは冷静に行動をすることができていた。

　しばらく両者とも動かなかったが、先に侵入者が動いた。

　向かった先はリクヤとタカオの方ではなく、騒ぎが起きてもまだ寝ていたマイカだった。

　この暗い中ではあるが、侵入者は見えているかのように、マイカの寝ているベッドへと一直線に向かう。夜目が利くようだ。

　自分達の方に来ると思っていたリクヤとタカオは、一瞬敵の動きの意図が分からず反応が遅れる。

　マイカを狙っていると先に気づいたリクヤが、阻止するために動き出すが、間に合わなかった。

　侵入者はナイフを取り出し、マイカの首に押し当てる。

　その後、懐から魔道具を取り出し、それを操作したあと、喋り始めた。

「動くな。動いたらこいつがどうなるか分かるな？」

　男の声だった。

　それを聞いて、タカオとリクヤは表情を凍りつかせる。

　さっきまで寝ていたマイカも流石に目を覚ました。

　自らの首に押し当てられたナイフと、先ほどの言葉から状況を瞬時に理解したようだ。

　焦ったような表情を浮かべる。

「まずその剣を渡せ」

「っ！」

侵入者の要求を聞き、リクヤは目を見開いた。

渡さなければマイカの命はない。

侵入者から言われなくても、それはわかった。


「渡すな兄者」


マイカは覚悟を決めたような表情で言った。

「その剣を渡しても私の命が助かる保証はどこにもない」

「命は助けるさ。こいつを殺したら、そっちの化け物に殺されるかもしれんからな。二人がかりでも倒せる自信はない。もっとも、剣をもらったからと言って解放はしないがな。しばらく俺たちの指示に従ってもらう」

強気な口調で侵入者はそう言った。

マイカに人質としての価値があると、分かった上での強気な態度のようだ。どうやら三人の関係を事前に調べていたようである。

「分かった。お前らの言う通りにしよう」

「兄者……！」

リクヤはマイカの言葉を聞くつもりはなかった。

　ここで従っても、三人無事に解放されるという可能性は、それほど高くはない。相手は犯罪を犯したという証拠を残したくはないだろうし、このまま侵入者の指示に従い続ければ、剣を取られ、さらに三人全員死んでしまうという結末もあり得た。

　仮にここでマイカを見捨てれば、剣は盗まれず、リクヤ、タカオは無事に生き残れるだろう。

　だがリクヤとしては、ここでマイカを失うわけにはいかなかった。

　最終的に三人が死ぬというリスクを冒してでも、剣を渡してマイカをひとまず助けるという決断をした。

　リクヤは剣を侵入者に差し出した。

「賢明な判断だ」

　侵入者はリクヤの差し出した剣を受け取った。

「なあ、こいつらどうするんだ？　殺すのか？」

「俺たちは盗賊だ。殺しは極力しねぇよ。こいつらはアジトに連れて帰って、とりあえず牢《ろう》に閉じ込める。それからどうするかは頭と相談して決める。まあ、大かた奴隷として売っぱらうか……もしくはこいつらの身内に身代金を払えって脅すかだな」

　冷静な口調で、リクヤ達の処遇を男は語った。

「とりあえずそのデカ男の手を縛れ。おい、動くんじゃねーぞ」

　その言葉に従い、タカオの近くにいた盗賊が、紐《ひも》を取り出して、タカオの手を縛り拘束した。

「さあ、付いてこい」

マイカを人質にされている状態なので従うしかない。

リクヤは大人しく盗賊たちについていくことになった。


外に出て町中を歩く。

夜の町中は人通りがかなり少ない。

と言っても、盗賊がいることは知られているので、警備兵が町中をうろついていた。

しかし、盗賊たちは警備の動きや位置をある程度把握しており、さらに魔道具で物音を消しているので、中々発見されない。

リクヤ達もマイカを人質に取られているので、不用意に動くことは出来なかった。魔道具は所有者だけでなく、近くの人間の音も消せるようなので、リクヤ達が出す物音から気付かれるということもなかった。

結局警備兵に見つかる事はなく、リクヤ達は盗賊団のアジトまで連行された。

○

盗賊たちの情報をリクヤ達に伝えに行こうとしたら、いなくなったと宿屋の店主から報告があった。きれいさっぱり部屋からいなくなっていたそうで、その宿屋の店主は夜逃げしたと主張していた。三人が逃げたせいで、労働力が足りなくなって、どうすればいいんだと、ローベント家にクレームを投げかけてきた。

そのクレームにはリーツがきちんと対処し、城の使用人を新しい労働者が見つかるまで派遣するという事で、話をつけることが出来たのだが……

「しかし、三人は本当に夜逃げしたのか？」

リクヤはやる気があるように見えた。ほか二人はリクヤの決断には基本従っているようだったので、リクヤがきちんと働いていれば、ほか二人も追従はするだろう。

数ヵ月働いたなら分かるが、まだ数日である。

それで夜逃げするという心境に至るのは、不自然だ。

「そうですね……開店したばかりだったので、仕事量は多かったらしいのですが、それでも途中で何も言わずに逃げ出すような方たちには見えなかったのですが……」

「私もそう思う」

「しかし、夜逃げじゃないとしたら、なぜいなくなったのでしょうか？」

「それは……攫われたとか？」

「攫われたにしては、部屋が綺麗だったようで、多少の乱れはあったようですが、普通に生活しても付くくらいの乱れだったようです」

「そうか……タカオとリクヤはそれなりに戦闘は出来るし、戦ったのなら、血の跡とかが残っていてもおかしくはないしな……そもそも戦いになったのなら、物音とかを宿屋の店主が聞いていないとおかしい……」

確かに状況的には夜逃げしたと考えるのが自然かもしれない。

リクヤはやる気があったように見えたが、それでも元王族だ。慣れない仕事に嫌気がさして、逃げ出したという事も十分にあり得る。

「一応捜索はしておいてくれ。もしかしたら事件に巻き込まれたかもしれないし。まあ、逃げ出したのならもうこの町にはいない可能性が高いと思うが」

「了解です」

私はリーツにそう頼んだ。

○

「俺たちどうなるんだろうな……」

一方その頃、盗賊たちのアジトに連行され、牢に閉じ込められていたリクヤはそう呟いた。

「助けは……まあ来んだろうな」

マイカが諦めたように呟いた。

アジトは、カナレの中でも治安の悪い地区にあった。

普通の家のように見える場所だが、その家には広い地下室があり、そこに牢屋や盗品を一時保管する倉庫などがあった。

地下室の入り口は巧妙にカモフラージュされており、そう簡単には発見できない。アジトに入ることは簡単なことではなかった。

「腹減った……」

タカオはぐーとお腹を鳴らしながらそう呟く。

一応、食事は貰えたが、小さいパン一切れで、とてもタカオの腹を満たせる量ではなかった。

「兄者が私を見捨てなかったのが悪い。三人一緒に捕まることはなかった」

「ば、馬鹿なこと言ってんじゃねぇ！　お前を見捨てることなんか出来るか！」

「出来ねばならんのだ。今回は私を見捨てるのが一番合理的で、正しい方法だった。王というのは時として冷徹な決断を下さなければいけないものなのだ」

「いくら合理的だからって、妹の命を見捨てるのが王だってんなら、王なんかにはならなくていい！」

そう叫ぶリクヤを見て、マイカは呆れたような表情でため息を吐いた。

「やはり兄者は甘いな……まあ、でも、そのなんだ？　一応、助けてくれたことには礼を言っておく、ありがとう。私も死にたいわけではなかったしな」

少し照れ臭そうにマイカは言う。

「最初からそう言っておけば良かったんだよ」

とリクヤはマイカの頭をぐしゃぐしゃと撫《な》でた。

「や、やめろ！　私はもう子供ではないのだぞ！」

マイカは赤面しながら、リクヤの手を振り払おうとする。

「腹減った……」

二人のやりとりなど一切気にせず、相変わらずタカオは腹が空きすぎてぐったりしたようすだった。

「よう」

突然、牢の外から声を掛けられた。

三人は牢屋の外に、反射的に視線を向ける。

細長い顔をした、長身の男が牢の外に立っていた。

整った髪型、髭《ひげ》を生やしているが、それもきっちりと整えられている。服もきれいだ。一見盗賊には見えず、裕福な商人に見える。

（あいつは……）

リクヤは男の姿に見覚えがあった。

アジトに連れ込まれたとき、目撃した男だった。盗賊たちが親分と彼の事を呼んでいたので、この男こそがこの盗賊団のボスだろう。

「お前ら金出してくれそうな身内はいるか？　身代金を貰えれば儲《もう》かっていいんだが」

リクヤはそう尋ねられて、考える。

ヨウ国から追い出された身なので、もはや身内はいない。サマフォース帝国にも一緒に来た身内などいない。

宿屋の店主は身代金を払ってもらうほどの親しさはない。

唯一あり得るのは、アルスだった。

才能を高く買っていたようだったので、身代金を払ってくれる可能性はゼロではなかった。

しかし、リクヤはアルスの名は出さなかった。

流石にそこまで迷惑をかけるわけにはいかないと思ったからだ。

「いない」

「本当か？　それに、あんな高そうな剣を持ってるし、金持ってる奴らと繋がりがあるんじゃねーのか？」

「それは俺たちの祖国から盗み出してきた奴だ。それ持ってこっちに逃げてきたんだ」

自分たちの本当の身分を言うわけにもいかないので、リクヤはそう嘘《うそ》をついた。

「何だ、あれは盗品だったのかよ。まあ、宿屋なんかで働いてる時点で、そんなに金持ちが身内にいるわけねーか。お前ら外国の連中だから、身内がいれば結構出してくれそうだと思ったんだがな。この国で暮らしている外国の連中は仲間意識が強いからな」

少し残念そうに盗賊団のボスは言った。

「あの剣はどうした？」

「もちろん売った。まあまあな値段で売れたよ。あとはお前らをどうするかだけだが……」

盗賊団のボスは少し考える。

「やっぱ、お前らは奴隷として売るしかないな。そっちのガキは……顔は悪くないし、マニアには売れるかもな」

「どういう意味だ？」

マイカは盗賊の言葉が全く分かっていないというような表情を浮かべる。彼女は王族で、その手の下品な知識については、全くと言っていいほど知識を持っていなかった。

「そっちのデカいのは高く売れそうだ。強い武闘士を欲しがってた貴族がいたからな」

アンセル州に強い奴隷に戦わせて、それを大勢の客が観戦するという施設がある。賭けもするので、強い奴隷にはかなりの価値がある。

「おい、お前強いんだってな？　どれくらい強いんだ？」

「腹減った……」

「二人がかりでも勝てそうにないくらいらしいな」

「腹減った……」

「おい、お前会話する気ないのか？」

「そいつ腹減ると、腹減った……としか言えなくなるんだ」

リクヤがタカオの状態について説明した。

「何だそりゃ。まあいい。腹減って貧弱そうに見えたら、値段が下がるかもしれねぇからな。おい、食い物たくさん持ってこい」

「へい！」

部下に命令し、肉やパンなどの食料をたくさん持ってこさせた。

それを見てタカオは目を輝かせながら、遠慮なく食べていく。

「兄貴。もしかしてあいつら良い奴？」

「そんなわけあるか！　俺たちをどこに売るか決めてんだぞ！」

与えられた食料を食べ終わった後のんきなことを言うタカオを、リクヤはしかりつけた。

「最後にお前は……うーん……何だ？　特にこれと言った特徴もないし……労働力としては男だし使えそうだから、どっかに売れるか」

「おい！　何だその適当な決め方は！」

盗賊団にまでもこれと言って特徴はないと言われ、リクヤは憤慨する。

「しばらくはお前らを売る準備のために、ここにいてもらう。間違っても出ようとは思うなよ。脱獄を試みたらその時は即座に殺すからな」

　最後に鋭い目つきで忠告して、盗賊団のボスは去っていった。

（少なくとも命は助かる可能性は高い……だが、三人別々の場所に奴隷として売られて……タカオは武闘士、マイカは……）

　どこに売られるか分からないが、自分は単純な労働力として使われる可能性が高く、そこまできつい目には遭わないかもしれないが、タカオとマイカは別だ。

　いくらタカオが強いと言っても、強い男相手に何度も戦う武闘士にさせられてしまっては、敗北して死んだり大怪我をする可能性がある。

　マイカに関しては、売られた先によっては死んだ方がマシな目に遭う可能性があった。

（やはり何とかして脱出しなければ……しかし……どうやって？）

　牢には見張りがずっとついており、隙はない。

　先ほど盗賊団のボスが忠告したように、バレれば容赦なく殺される。

　仮に、牢からは上手く脱出できたとしても、そこから逃げ切るのは容易ではないだろう。盗賊の数も多いので、誰にも見つからずに外に出るのは難しい。タカオがいくら強いと言っても、多勢に無勢なので大勢で来られると勝ち目はないだろう。

（それでもいつか必ずチャンスは来るはず……焦って動いたら逆効果になりかねん……チャンスが来るのを今は待とう）

リクヤはそう結論を出し、焦らず今は待つと決めた。

○

リクヤたちが失踪してから数日経過。

結局、見つかることはなかったので、捜索は打ち切った。

盗賊団の対処など、仕事はまだまだ多いので、この町にいない可能性が高い三人の捜索に、いつまでも人員を割くわけにはいかない。

もう会うことはないかもしれないな。

そう思った矢先だった。

「アルス様、商人がお目通りを願いたいとのことですが、どういたしますか？」

商人か……

たまに商人が物を売りたいと言って来ることがある。

リーツに判断を任せてもいいのだが、値段が張る物を買うときは、一存では決められないというので、私も一緒に面談することが多い。

商人は主に珍しい魔道具や、美術品などを紹介してくる。

魔道具は日頃の生活を便利にしてくれるものがあるので、良さそうと思ったら買うこともある。

美術品はあまり興味はないので、滅多に買うことはない。

値段が張るので、買う余裕も今まではなかった。

ただ、ほかの貴族との外交も最近では大事だろうと思っており、美術品を友好の証としてプレゼントするなどもした方が良さそうなので、そろそろ買ってもいいかもしれない。今は買う余裕がちょっとずつ出てきたし。

カナレ城の応接室で商人と話をすることに。

今回きた商人は、年齢は三十代くらいの、温和そうな顔をした男だった。

「初めまして、私テーネス・カムチャーと申します。カナレを拠点に商売をしている者なのですが、最近珍しい品が手に入ったので、すぐにでもアルス様のお目に入れたく、馳《は》せ参じた次第でございます」

男は自己紹介をした。

聞いたことはある名だった。だが、あったことはない。カナレにも大勢商人はいるので、全員の顔と名前は流石に覚えていない。

テーネスは細長い箱を背負っており、それを目の前にあるテーブルの上に置いた。

そして、その箱を開ける。

箱の中身を見て、私は驚いた。

横で見ていたリーツも驚いている。理由は恐らく一緒だろう。

「恐らく異国の職人が作った剣で、見てくださいこの鞘の意匠……本物の金が使われて……ってあれ？　物凄くご興味がある様子。お気に召されましたか？」

中に入っていたのは剣だった。

私とリーツはその剣を釘付けになって見てしまう。

別に剣の見た目が良かったからとかそんな理由で見ていたわけではない。

明らかにその剣は、リクヤの持っていた龍絶刀だったのだ。

あれだけ特徴的な見た目だ。

見間違えということはない。

同じ剣が二振りあるということも、考えられないだろう。

これを商人が持っているということは、リクヤたちは売ったのだろうか？

販売先を探すから、ローベント家経由で高く売れる相手を探して欲しいとは、マイカが言っていた。

と言っても、別に町の商人に直接売っても別に悪くはない。もっとも、あの剣が、本来どれくらいの値段で売れるかは、色んな人に聞いてみないと分からないことではあるので、近くの商人に売るというのは少し勿体無《もったいな》い気もするが、即座に金を手に入れたいのなら、悪い選択ではない。

ただ、マイカは何か事業を起こしたがっており、それで出来るだけ高値で売りたいと考えてはいたはずだ。

そう考えると、ローベント家の力を借りる借りないは別として、こんなに早く剣を売るのは不自然だ。

もしかしたら、盗品の可能性がある。

そう思っていると、

「この剣はどなたから購入されましたか？」


リーツが私のしたかった質問をしてくれた。

リーツの目つきと口調はかなり厳しい。尋問をするような感じだ。

商人はその様子に、ただ事でないと感じたのか、焦った様子になる。

「え、えーと、同じくカナレにいる商人のロブケ殿から購入しました。最近やりくりに困っているようで、安めの値段だったので、二つ返事で購入しました」

「ロブケ……とはカナレの町の南地区で店を構えている、小太りの方ですね？」

「はい……そ、そうですが……あの、この剣が何か？」

「この剣は盗品である恐れがありますので、念のため調査させていただきます」

「と、盗品!?」

商人は驚いて声を上げた。

盗品の売買は、カナレの法律でもちろん禁じられている。

知らずに売ったり買ったりした場合は、処罰されることはないが、盗品の恐れがある品の調査を拒むと有罪である。

知らずに買った商人からすると、調査を強制されるのは理不尽に思えるが、盗賊は真っ当な商人にとっては、自らの商品を盗むかもしれない迷惑な存在なので、現状の規則に反対している商人は少なかった。

「わ、分かりました。この剣について知ってることは話します。ただ、盗品と知って購入したわけではありません。これだけは誓って真実です」

青ざめた顔でテーネスは主張した。

「わかっております。そもそも盗品と確定したわけではありませんしね。疑いがあるので、とりあえず調査をするというだけです」

安心させるようにリーツは言った。


それからテーネスから情報をある程度聞き出した。

ロブケから買った値段が、金貨八十枚だったようだ。ロブケはさらに安値で購入したようだ。

これを聞くとますます怪しく思える。

リーツが最低でも金貨百枚はすると言ったので、それ以下の値段で売る事は流石になさそうだが。盗品の場合は、さっさと売りさばくので、相場がはっきりしていない物に関して、安価で出回る事も多いようだ。

「どう思うリーツ。本当に盗品なのだろうか？　それともリクヤが自分で売っただけか？」

「そうですね……状況的に盗品であるという可能性はあると思いますよ。そもそもリクヤさんたちが夜逃げしたという話を聞いた時、そんなことする人たちだろうかと、少しだけ違和感はありましたから……」

私も同じく違和感を感じていたので、そこは同意見だった。

「仮に今回盗まれたのだとしたら、恐らく盗んだのは我々が追っている厄介な盗賊団だと思います。証拠を残さず盗んでいっているので、ほかの盗賊だともっと証拠を残すでしょう。リクヤさんたちの事を抜きにしても、盗賊を捕まえるチャンスではあります」

「そうだな……リクヤ達は一体どうなったのだろうか？」

「攫われたか……殺された……とは考えたくはないですね。あまり人を殺したりする事はない盗賊団ですので、そこは違和感がありますね。まあ、何か不測の事態が起きたのかもしれませんが」

「リクヤたちは剣を取られたことで、取り返そうとしているとか考えられないか？」

「カナレでリクヤさんたちの調査はして、目撃情報も得られなかったので、それはないと思われます。見た目は目立つので、盗賊の調査をしていたのなら、誰か必ず見ているはずですし」

それもそうだな……となると、攫われたか殺されたかの二択か。

「宿屋で争った形跡がなかったことから、あの場で殺されたとは考え辛いです。となると一度攫われたのでしょうが、そうなると殺すより奴隷として売った方が得ではありますので、殺してはいないと思います」

リーツはそう分析した。

私もそう思った。というかそうあって欲しかった。

「とにかくなるべく早く盗賊団を見つけ出してくれ。頼む」

「はい。早速ファムたちを呼び、調査を行います」

リーツはそう言って、すぐに調査を始めた。

○

数日間、牢に閉じ込められていたリクヤは、どうするか決めかねていた。

盗賊たちは常に牢を見張っており、思ったより隙が少ない。

小声でマイカとも相談した。今は大人しくしておくしかないと、マイカも良い方法は思いついていないようだ。

しかし、このまま何もしなかったら、三人とも別々の場所に売り飛ばされてしまう。それはどうしてもリクヤは避けたかった。

（もう家族を失うのはごめんだ……）


ヨウ国で起ったことを思い出した。

フジミヤ家はリクヤの祖父が国王をしていた時から、徐々に権力を失い始めていた。

祖父は悪い人物ではなかったが、国王としてははっきり言って無能だった。

優柔不断な性格で、決断力がなかった。残酷になり切れない面もあり、問題を起こした家臣たちに厳しい処罰も下せない。

そんな祖父が統治しているヨウ国では、地方を治めていた貴族たちが、徐々に勢力を増し始めていった。

祖父が死に、リクヤの父が国王になったころには、フジミヤ家は貴族たちにだいぶ侮られていた。

リクヤの父は祖父とは真逆の性格だった。

血気盛んで、決断力、行動力ともに優れていた。

調子付いていた貴族たちの勢いをそぐため、様々な政策をしたが、それが反乱を招くきっかけとなった。

そうして、ヨウ国は戦乱の時代に突入する。

そんな時代にリクヤは生まれた。

王族なので兄弟が多く、子供の頃は自分が王になるという教育は全く受けていなかった。

兄たちのサポートをするのが役目であると教育を受け、いずれそうなるだろうと信じて疑わなかった。

しかし、戦が激化していくと、人材が不足してくるようになり、優秀だった兄たちも兵を率いて戦に出るようになった。

そして、次々と戦死していった。

親しんでいた兄たちが死ぬ悲しみは、どれだけ経過しても、リクヤの心に残り続けていた。

それから徐々に戦は劣勢になっていった。

最終的に本拠地である城を敵に包囲された。

王族のための抜け道があったのだが、王であるリクヤの父はそれを使って逃げるのを良しとせず、城で死ぬことを決めた。

リクヤ、タカオ、マイカは剣を持ち、その抜け道を使って逃げて、それから船でヨウ国を脱出せよ、とリクヤの父はリクヤ達に命令をした。

その時点では、姉も何人か残っていたが、あまり数が多いと途中で見つかる可能性が上がるので、年齢が下の方であった三人が抜け出すことになった。

自分たちだけが生き残ることに罪悪感を覚えたリクヤは、その時猛反発をしたが、説得され結局抜け道を使い逃げることになった。

抜け道を抜けた後も、必死でリクヤたちを捕らえようとしてくる敵兵たちを何とか躱《かわ》して、海にたどり着き、船に乗ってサマフォース帝国に行くことに成功した。

自分は生き残ったが、結局兄と姉たち、両親を亡くしてしまった。

マイカとタカオだけは、絶対に自分が守らなければいけない。

リクヤは強くそう思った。

それこそ、自分の身を犠牲にしてでもだ。

そう思うと、一つだけ作戦を思いついた。

自分は助からないかもしれないが、二人は助けられる作戦だ。


「兄者、妙なことを考えるなよ」

マイカはリクヤの表情を見て、何を考えているのかを見透かしたようだ。

「別に……お前が言ったろ、三人一緒に捕まって死ぬより、誰かが犠牲になる方が合理的だって」

「あの時はそれが一番いい選択だったと言ったまでだ。大体、犠牲になるなら兄者だけは駄目だ。兄者は王になる人物だからな」

「王ならお前がなればいいだろ」

「私は女だから王にはなれん」

「お前が駄目でも、タカオがいる」

「タカオが王になれると思うか？」

マイカに言われて、リクヤはタカオを見る。盗賊たちから食い物を貰い、のんきに幸せそうな表情を浮かべていた。

流石にその様子を見て、タカオが王になっている姿を、リクヤは想像できなかった。

「兄者じゃなくては駄目なのだ。フジミヤ家の後を継ぎ王になるには、私とタカオでは無理なのだ」

マイカはそう断言する。

「……俺だって、王になんかなれないさ」

リクヤはしみじみと呟いた。

「兄者……そんなことは……」

「分かってるだろ？　俺はそんな器じゃない。まあ、仮に王になれるほどの才能があったとしても、今からヨウ国を攻め落として王になるなんて、現実的じゃない。そんなことはお前も分かってるだろ」

「…………」

マイカは反論しなかった。

フジミヤ家の人間として、このままサマフォース帝国で生涯を終えるのは嫌だと、王として返り咲く戦略は練ってはいたが、それを成し遂げるのは、相当ハードルが高い事なのは間違いなかった。

「兄として、最後に妹と弟の命くらい助けさせてはくれないか？」

「最後だと……？　頷けるわけないだろう、そんな事を言われて」

マイカはリクヤを睨みながらそう言った。

「大体、兄者一人が犠牲になろうが、この状況を変えることは出来ん。無駄死にするだけだ」

「それはやり方にもよる」

リクヤは自分が思いついた作戦を説明した。

「ふん、そんな作戦聞きたくもなかったわ」

説明を受けたマイカは、怒ったような表情でそう言った。

「でも、成功するかもしれないだろ？　俺は死ぬかもしれないが、二人は生き残れる」

「そうなれば、大成功だ。三人全員死ぬ可能性が一番高い」

「まあ、それはそうかもしれんが、このまま何もしなかったら、三人とも奴隷になるだけだぞ」

「奴隷になるが死にはしないだろ。死ぬよりはましだ」

「奴隷になるってのは、人の尊厳を奪われるってことだ。そんなの生きてるって言えるのか？」

「……命より尊厳の方が大事という事はあるまい」

そう言うマイカだったが自分の意見に自信はないように思えた。奴隷という身分が時にどのくらい苛烈な目に遭わされるか、マイカも知識としては知っていたからだ。

「俺はともかく、マイカとタカオは奴隷になったら、めちゃくちゃひどい目に遭わされるかもしれないぞ。そんなの見過ごせないだろ。兄として」

「タカオは武闘士にするって言ってたな。確かに、ずっと戦いっぱなしだと、下手すれば一年とたたずに死んでしまうかもしれないが……私はマニアがどうのこうの言っていたが、何をさせられるんだ？」

「それは……知らない方がいい……いや、お前がそんな目に遭う事はないから、知る必要はそもそもない」

「な、何だその言い方は……！　気になるぞ！」

深刻そうな表情でそう言うリクヤを見て、マイカは不安になってきた。

「と、とにかく、どうなろうと兄者だけを犠牲にする作戦など認められるわけ」

「姉貴」

先ほどまでのんきに食事をしていたタカオが口を開いた。

「何だタカオ。私は、飯は持っておらんぞ」

「そうじゃない。ヨウ国出る前に決めたろ？　兄者の言葉にはなるべく従うって」

飯の催促だと思ったら、真面目な話だったので、マイカとリクヤは面喰《く》らった。

「そうだ。そういう話だったろ。約束は守れ」

「ち、違う。あの約束は、兄者の言葉が明らかに間違っている場合は、この限りではないとも言っただろ！」

「俺の言葉はまるっきり間違っているか？」

「ぐっ……」

マイカは反論に困る。

リクヤのやろうとしていることが、確実に間違いだとは言い切れなかったからだ。

「いいのかタカオは。兄者が死んで悲しくはないのか？」

「それは悲しいけど、でも兄貴が決めたことだ。俺は従うよ。俺は馬鹿だから分からないけど、多分そうするのが正しいんだろ？」

タカオは悲しげな表情をしたが、そう言った。彼はリクヤのことを全面的に信頼しているようだった。

「……兄者はずるいぞ。私は犠牲にしたくないと言って助けて、自分は犠牲になるという。矛盾しておるとは思わんか？」

「それを言うなら、お前も矛盾してるぜ？　合理的な決断をすべきと言ったのは、お前じゃないのか？」

「ぐ……ああ言えばこう言う……」

「マイカにそんなこと言われるとは思わなかったぜ」

基本弁が立つマイカには、大体言い負かされてきたリクヤだったが、今回は優勢だった。

「自分が犠牲になるってのも、正しいとは思っていないさ。でも、今は俺がそうしたいからそうするだけだ」

「何だそれ、理由になってない」

「仕方ないだろ。人間の感情なんてそういうもんだ」

「………」

マイカはリクヤの気持ちが堅いと知ると、それ以上反論はしなかった。

「マイカとタカオ、お前らはお互いの欠点を埋めているいいコンビだ。俺がいなくとも、何とかなるだろ。それこそ、王にだって返り咲けるさ。まあ、タカオが王ってのは正直想像つかないし、マイカが史上初の女王になればいいいんじゃないのか？　お前はほかの誰にもやれないことをやる奴だし、そのくらいできるだろ」

「遺言みたいなことを言うな」

それからリクヤはタカオにも作戦を詳しく説明し、実行する時を待った。

それから数時間後、リクヤたちは牢の外の見張りが、どうなっているかを観察していた。

基本見張りは二人一組なのだが、稀に一人だけで見張る時がある。

その時になるのをひたすら待った。

「交代だぞ」

「うーい」

「全く、早く売れよこいつら……」

気怠そうに見張りが交代する。

遂に見張りが一人だけになる時が来た。

リクヤは目でマイカに合図を送る。

マイカは本当にやっていいのか、躊躇《ためら》うような表情を浮かべていた。

しかし、観念して、作戦通りの言葉を叫んだ。

「兄者のクソ野郎!!　もう我慢できん!!　ぶん殴ってやる!!」

その言葉を叫びながら、マイカはリクヤに本当に殴りかかる。

一応、本気のパンチなのだが、非力なので全然痛くはなかった。むしろマイカの腕が痛んでおり、痛みで涙目になっていた。

「クソ野郎とはなんだ兄に向かって!!　ぶっ殺すぞ!!」

と大声を上げる。

その後、鬼気迫る勢いでリクヤはマイカに飛びかかった。

いきなり勃発した喧嘩《けんか》に、見張りは慌て始める。

盗賊からしたらマイカは大事な商品であるので、怪我などさせてはいけない。死んでしまうのはもっとダメだ。

見張りとしてそれを黙って見過ごすのは、非常に不味い。

「おい、お前ら！　やめろ‼」

どうするか少し迷ったが、見張りは一旦鍵を開けて扉を開けて、中に入った。

そこを見計らって、タカオが見張りの後頭部に頭突きを喰らわせた。タカオの石頭を思い切り食らって、見張りの男は昏倒《こんとう》して倒れ込んだ。

腕は縛られていて使えなかったので、頭突きをすることにしたのだ。

「……何かあっさり上手くいったな」

「間抜けなやつだったんだろ。幸先は良いな」

いくらマイカが死んだりするのはやばいと思ったとしても、こんなあっさりと開けるのは馬鹿だなと、リクヤは思っていた。

それから、見張りの持っていた片手剣を取り、タカオの両手を縛っていた紐を斬る。

ちなみに、マイカとリクヤは舐《な》められていたのか、特に拘束はされていなかった。


「さて、ここからが本番だ」


牢から出ることは出来た。

あとは、リクヤが囮《おとり》になり盗賊たちを引きつけている間に、タカオとマイカが外に逃げる、という作戦だ。

盗賊たちは数が多いようなので、タカオがいるとはいえ、全員を相手して勝つのは難しい。

ただし、リクヤが大勢の敵の注目を集めれば、マイカとタカオの方に向かう盗賊たちはほとんどいなくなり、何とか逃げ切れるだろうと、そういう作戦だった。

大勢の敵に囲まれることになるリクヤは、ほぼ確実に死ぬことになるだろう。

敵が陽動に上手く引っかかってくれなかったり、リクヤがあっさりと殺されるなどしたら、三人とも殺される可能性はある。

この状況で確実に脱出する方法はない。

リスクは元より承知の上だった。

「出口の場所は覚えているな？」

「ああ、記憶力には自信があるのでな」

「よし、じゃあまずは俺が先に行く。頃合いを見て、お前たちも来い」

リクヤは見張りの持っていた片手剣を構えて、牢屋を出た。最初にリクヤが出て陽動し、敵の目が集まっただろう頃に、マイカとタカオが隙をついて脱出するというのが作戦の流れだ。

綿密に練った作戦ではないので、隙はあるし、マイカが脱出するタイミングを計り損ねれば、失敗するのだが、何とかするしかない。

「兄者……」

か細い声でマイカがそう言った。

今にも泣き出しそうな声だった。

その声を聞いても、リクヤは振り返らず、牢を出た。見張りを倒した以上、後戻りは出来ない。作戦を実行するしかない。

リクヤは牢を出る。盗賊団のアジトは地下に作られており、牢は地下の二階にあった。地下二階には物置などがあり、地下一階には盗賊たちが生活するスペースが存在していた。牢に閉じ込められる際に、一階も通ったので、ある程度の構造は分かっていた。マイカは記憶力が良いので、リクヤより正確に構造を理解しているはずだ。

地下一階にある階段を登れば地上に出られる。地上にある家にも盗賊はいて、そいつらまでは誘い出すことは不可能だろうが、数はあまり多くない。タカオだけで十分倒せるだろうと予想していた。

リクヤは階段を登り、まずは地下一階へと向かう。

その途中、盗賊の男に出くわした。

盗賊はリクヤの姿を見て、一瞬何が起こったのか分からないというような、呆《ほう》けた表情を浮かべていたが、その後、瞬時に状況を理解し、

「脱走者だ!!」

と大声で叫び声をあげた。

陽動をしたいと思っていたリクヤからすると好都合だが、このまま階段まで押しかけられたら、計画が上手くいかなくなる。

持っていた剣で盗賊の首を斬る。

「ぐはっ」

大量の血を流し、倒れこんだ。

リクヤは大急ぎで階段を登る。

階段近くにいた盗賊が騒ぎを聞きつけ駆けつけてきたが、そいつらも一撃で斬り殺して、階段を登り切った。

階段を登り終えると、広い空間に出た。

狭い階段で戦うのは分が悪いと、階段外で盗賊たちは待ち構えていた。リクヤを包囲しようとしていた。

ただ、いきなりの事だったので、盗賊たちもまだ集まり切っておらず、完全に包囲されてはいなかった。右側に誰もいない場所があったので、そこを抜けて走り出した。

リクヤは足が速く、包囲を抜け出すことに成功した。

「逃がすなぁあ!!」

後ろから盗賊たちの怒号が聞こえる。

後ろを振り返ると、先ほど自分を囲んでいた盗賊たち全員が追ってきていた。

タカオとマイカがいないことは気にする余裕はないみたいだ。

上手くいっていると、リクヤはにやりと笑みを浮かべる。

前方からも盗賊たちがやってきた。

挟み撃ちになる。

丁度、右側に部屋があったので、そこに入り込んだ。

ぞろぞろとリクヤを追っていた盗賊たちが部屋に入ってくる。

人数は十人以上はいる。全員で何人盗賊がいるのか把握していないが、恐らく二十人はいないだろうと、リクヤは予想していた。ほとんどの盗賊がリクヤを捕らえに集まってきたようだ。

（思ったよりうまくいったな）

今から自分は確実に盗賊たちに殺されるだろうに、リクヤは少しだけ安堵《あんど》していた。

タカオとマイカが、無事抜け出すことをこの目で見ることは出来ないが、ここまで引き付けることが出来たのなら、二人ならちゃんと脱出出来ているだろうという、確信があった。

「袋のネズミだな。全く馬鹿なことをしたもんだ」

そう言ってきたのは、盗賊団のボスだった。

ボスもリクヤを追いつめるのに、参加していたようだ。

「……？　残り二人はどうした？」

「さあな」

「……おい、お前ら残り二人を」

流石に気が付いた盗賊団のボスが、手下に命令を出そうとしたので、それを阻止するべくリクヤはボスに斬りかかった。

「ちっ！」

流石にほかの団員たちよりかは実力があるようで、少し不意打ち気味のリクヤの攻撃をあっさりと受け止めた。

剣を受け止めながら、盗賊団のボスは、

「残り二人を探せ！　こいつは囮だ！」

と手下たちに命令を出した。

「探す必要はないぞ！」

その命令に反応するように、女の声が響き渡った。

「うわあああ!!」

「な、何だこいつ!!」

「ぐあああ!!」

その直後、盗賊たちから悲鳴が上がる。

何が起こったか分からない。リクヤは状況を確認した。

すると、そこには、リクヤを取り囲んでいた盗賊たちを倒していくタカオと、その後ろで指示を出している、マイカの姿があった。

「な、お前ら何で！」

「敵の不意を突くことは必勝に繋がる。兄者に注目が集まっている今、大チャンスと思って攻撃を仕掛けたまでだ！」

「ば、馬鹿野郎そんな作戦じゃなかっただろ！」

「馬鹿はそっちだ！　兄者が考えた策が、私の考えた策より優れたことなどなかっただろう！　さあタカオ！　蹴散らすのだ！」

マイカの指示を受け、タカオは武器を持っていないが、その巨大な肉体で盗賊たちを殴る蹴るして次々に倒していった。

盗賊たちは突然のことで、軽いパニック状態に陥る。

リクヤはそれを見て、もしかしていけるかもと、希望を持った。

「ちっ……面倒なことを……！」

パニックになる団員たちの中、流石にボスだけは肝が据わっているようで、冷静さを失っていなかった。

逆にリクヤは、ここで盗賊団のボスを仕留めれば、盗賊団は立ち直れなくなるだろうと考え、一気に仕留めにかかった。

「はあぁあああああ!!」

「ぐっ……」

リクヤはあらん限りの力を使い、猛攻を仕掛ける。

ここで確実に仕留めたいと思ったが、盗賊団のボスも防戦一方になりながら、何とかリクヤの剣を受け止め切った。

「お前ら落ち着け！　慌てるな！　冷静に複数人で対処すれば、負ける相手ではない！」

自分も激しい戦闘をしていたが、それでも手下たちを落ち着かせるために、盗賊団のボスは檄《げき》を飛ばした。

盗賊たちはその言葉で、冷静さを取り戻し、タカオにしっかりと向き合って、対処をし始める。

しかし、それでもタカオは尋常じゃない反射速度で、敵の攻撃をかわして、そこから強力なパンチを喰らわせ確実に仕留めていく。

「ふん、冷静にやれば勝てると思ったか？　貴様ら、タカオに飯をやったのは間違いだったな。満腹状態だと、百二十％の力をタカオは発揮することができる！」

これはいける、そう思った時、リクヤの視界の隅に、マイカの背後を襲う盗賊の姿が目に入った。男はメイスを持っており、マイカを殴るため全力疾走している。

マイカはその盗賊の存在に気付いていない。

リクヤは一旦、盗賊団のボスとの戦いを完全に放棄し、マイカを救うべく一心不乱に走り出した。

盗賊がメイスを振りかぶる。

リクヤは間一髪で間に合い、マイカを襲おうとしていたメイスを、自らの頭で受け止めた。

「あ、兄者……？」

強力な衝撃を頭に受けた。

リクヤの頭に激痛が走る。


「兄者ああああ!!」


脳が激しく揺れて平衡感覚が失われた。

マイカの叫び声を聞きながら、リクヤは地面に倒れこんだ。

ドクドクとメイスを受けた箇所が、激しく脈をうつような感覚があった。出血をしていると、頬の辺りに感じた生暖かい感触で気付いた。


（ここまでか……）


どんどん意識が失われる。

走馬灯のように過去の記憶が頭の中に浮かんでは消え、浮かんでは消えをくり返した。

意識が消え去るその瞬間、

「ローベント家、家臣、リーツ・ミューセスだ。全員、その場を動くな！」

リクヤの耳にそんな叫び声が聞こえてきた。

○

「リクヤさん達を攫ったのは、アジトから押収した音を消す魔道具や、盗品の種類から言って、間違いなく我々の追っていた盗賊団だったようです」

「そうか」

リーツはそう報告をした。

結論から言うと、やはり龍絶刀は、リクヤたちが売った物ではなく盗品だった。そして、リーツたちは上手く盗賊団のアジトを見つけ出し、盗賊団を一網打尽にすることが出来た。今はアジトにいたすべての盗賊団員が、カナレ城の地下牢に放り込まれている。

盗賊団は慎重に物を売るタイプだったようだが、今回は外国人のリクヤたちの剣ということで盗品とバレる可能性が低いと思ったのか、雑に販売したようだ。

テーネスに剣を売ったロブケは、最初は盗品であるとは知らなかったと言っていたものの、最終

的には盗品と知って購入したと白状した。

盗品はリスクがある分、安く出回るので、最近商売がうまくいかなくなり始めていたロブケは、手を出してしまったようだ。

ロブケに物を売った男の特徴を聞き出し、その男の痕跡を町で聞き込みなどをしながらたどっていくと、あっさりとアジトにたどり着くことが出来たようだ。アジトの中では、捕らえられていたリクヤたちが脱走を試みており、すでに軽い混乱が起きていたので、リーツたちに対処できるはずはなく、あっさりと盗賊団はお縄につくことになった。

マイカとタカオは、大きな怪我はしておらず無事保護できた。

問題はリクヤだ。

彼は盗賊からメイスで殴られ、頭に大怪我を負っていた。

現在意識不明の重体のようだ。

脳にまで致命的な傷はないようだが、単純に血を流しすぎて危ない状況だという。

この世界の医療はそこまで発達はしていない。

回復魔法もあるにはあるが、パラダイル州が独占しているので、カナレにはなかった。

輸血技術が全然進んでいないので、輸血も不可能。

回復するかはリクヤの生命力次第だと、リクヤの治療に当たった医師は言った。

「助かるだろうか、リクヤは……」

「そうですね……僕も医療の事については何とも言えず……まあ、若くて元気のありそうな方ではありましたので……」

リーツも言葉を濁していた。

私たちが話していると、救出したマイカとタカオが現れた。

私の姿を見ると、すぐにマイカは、

「頼む……いや、頼みます！　兄者を助けてください！」

そう頼み込んできた。

彼女は目の下を赤く腫れさせていた。随分泣いたようだった。

「最善は尽くしている。きっと助けられる……はずだ」

状況が状況だけに、無責任に絶対に助けられると言う事は出来なかった。

「頼みます……兄者を……兄者を助けて下さい……頼みます……」

体を震わせ、涙を流しながら、マイカはすがるように何度も頼んできた。

最初に会った時の、気の強そうな彼女とは全く違った姿だった。こっちの方が素なのだろうか。

「大丈夫。兄貴が死ぬわけない」

とタカオの方は、どっしりと全く動揺せずそう言った。

リクヤが生き残ると、心の底から信じているようだった。

完全に落ち込んでいたマイカも、タカオの落ち着きぶりを見て、少しだけ気を取り直したようだ。

それから、数時間経過し、

「リクヤ様の意識が戻りました！」

そう報告があった。

○

「どこだここ……」

リクヤは目を覚ました後、キョロキョロと周囲を見渡した。

フカフカのベッドに天井は白い。

体を起こそうとすると、頭に激痛が。

「いたっ！」

反射的にそう声を出した。

すると、慌てたように、メイド服を着た女がやってきた。

「患者さんが目を覚ましました！」

はしゃぎながらメイドはそう言った。

それに答えるように、

「おお本当か！　アルス様に報告しに行くんだ！」

と中年くらいの男の声が聞こえてきた。

（どこだここ……この人たちは誰だ……というか俺はさっきまで盗賊と戦ってたよな？）

状況がいまいち飲み込めない。

（てか、さっきアルスって言ってなかったか？）

少し前にあった、郡長をやっている少年の姿が、リクヤの頭に思い浮かぶ。

どうしてここにいるのか思い出そうとしていると、中年の白衣を着た男が目の前に座った。

男はリクヤをじっと観察するように眺める。

「これが何本か分かるかい？」

と指を二本立ててそう言ってきた。

「二本だ」

じゃあ、これは？

と今度は両手で六本の指を立ててきた。

「六本だ……ってなんだこれ」

「うんうん、異常はないみたいだね」

勝手に白衣の男は納得しており、リクヤは少し不愉快に思う。

「……てか、マイカとタカオは？　えーと……小さい女の子と、デカい男を近くで見ませんでしたか？」

「あー、あの二人ね。多分もうすぐこの部屋に来ると思うよ」

「もうすぐ？」

疑問に思っていると、部屋の扉が開く。


「兄者～‼」


両眼に涙をたっぷりと浮かべたマイカが部屋に入ってきた。

マイカは、リクヤに向かって駆け寄り、抱き着いた。

「兄者の馬鹿者！　リーツ殿があの時来ていなければ、死ぬかもしれんところだったんだぞ！　かばわれる身にもなれ‼」

ぽかぽかとリクヤの胸を叩きながら、マイカは文句を言った。

マイカのかばわれるという言葉を聞き、頭を怪我した経緯をリクヤは思い出した。

そして、部屋にアルスとリーツの姿があったことから、間一髪で助けだされたところまで察した。

（ということは、ここはカナレ城か……今度は命を助けられちまったな）

軽くため息をついて、自分に抱き着くマイカを見る。

小刻みに震えながら泣いていた。

心配をかけさせてしまったと胸が痛んだ。

リクヤはマイカの頭を撫でながら、

「ごめんな」

と謝った。

○

リクヤが目を覚ましてから数週間が経過した。

しばらくは、城の医務室で安静にして貰っていたが、リクヤは回復力が高く、怪我も順調に良くなり、思ったより早く完治した。

ちなみに盗まれた龍絶刀はもちろんリクヤに返還することになった。

ロブケから剣を購入したテーネスには、ロブケから金を返してもらい、盗品と知って取引を行ったロブケは、カナレで二度と商売が出来なくなるという罰則を受けることになった。

リクヤが回復したので、私は龍絶刀を渡しに行った。

「龍絶刀……取り返してくれたのか……」

「取り返したというか、こいつがあったから盗賊の居場所が分かったという感じだ」

私は龍絶刀をリクヤに差し出すが、リクヤは受け取らなかった。

「どうした？　受け取ってくれ」

「こいつは受け取れない」

リクヤは首を振って、受け取るのを拒んだ。

なぜそんなことを？

リクヤの意図が読めず、私は困惑した。

「龍絶刀までただで取り返してもらってはな……命を助けてもらったのに……そこまで大きな借りを作るわけにはいかない」

「恩などと……奴らはカナレに住む犯罪者であり、この街を統治するローベント家には、犯罪者から市民の身を守る義務がある。むしろ怪我をさせてしまったことを、謝る必要すらあると思っているくらいだ」

「おいおい、助けてもらって謝られたら、こっちの立場がないからやめてくれ。俺はローベント家に命を助けられて、大きな借りを作った。それは間違いない」

その考えについて改める気はないようで、龍絶刀を受け取るのも、リクヤは拒み続ける。

この剣がなければ、リクヤたちはだいぶ困るだろうし、受け取って欲しいのだがどうしたものか。

「こんなこと何度も断った俺から頼むのは申し訳ないんだが、俺たちをローベント家の家臣にしてくれないか？」

リクヤはそう頼んできた。

「絶対に家臣になって働いて借りた恩は返すから、頼む」

「いや家臣になるのは別にいいが……というかいいのか？　君たちは王族なんだろ？」

「まあ何だ。王になるより大事なことがあるって気付いたからな。虫のいい話なのは分かっているが、どうか頼む」

心変わりがあったのか、リクヤは何度も頭を下げて家臣にして欲しいと頼んできた。


「わ、私からも頼む！」


今まで近くで静観していたマイカがそう言った。

「私はこう見えても、そこそこ頭が切れるし、タカオは見ての通り戦ったら強い、兄者は……これと言って特技はないのだが、これと言って欠点もなく、何でも器用にこなせるので、割といたら便利だと思うぞ！」

「おい！　俺のアピールだけちょっと投げやりじゃねーか⁉」

マイカのアピールに、リクヤは憤慨した。

アピールをされなくとも、三人の力は理解している。

二度断られたからと言って、別に怒っているわけではない。

「君たちに家臣になって貰えれば私も嬉《うれ》しい限りだ。こちらこそよろしく頼む」

リクヤの頼みを私は快諾した。

「ありがとう……ありがとうございます！　家臣になったからには絶対力になると約束します！」

リクヤは何度も頭を下げた。

「この私を家臣にしたのは大きいですぞ、主様《あるじさま》」

「あ、主様？」

家臣になった途端、マイカは変な呼び方をしてきた。

「家臣になったら美味しい物いっぱい食えそう。満足」

タカオは相変わらずのようだ。

「しかし、家臣なったからと言ってやはり王になる夢は諦めきれぬぞ兄者よ。このまま我らの活躍で主様をサマフォース帝国の皇帝にし、その功績でこのミーシアンを貰う。それから、兵を率いてヨウ国を攻め落とし、王として支配してやるというのはどうだ」

「こ、皇帝？」

妙なことを言い出した。

皇帝になるつもりなど毛ほどもない。

この戦乱の時代で、上手い事生き残れたらとしか私は思っていない。

「そんなことになったら、俺たちは完全な侵略者じゃねーか」

「ふん、追い出す方が悪いというものだ。というか、今考えれば一番これが現実的な気がするのう。主様の特殊な力があれば、皇帝に成り上がるのも夢ではないし」

「お、おい、滅多なことを口にするな。私は皇帝になるつもりはない。平和に生きたいだけなんだ」

「何と、そのようなお考えでどうなさいますか。大体、この戦乱は新しい皇帝が出てくるまで、終わりませんぞ。主様が皇帝になれば丸く収まるというものです」

「いやいや、それまでに戦わないといけないだろ……それに私はそんな皇帝になるような器では……」

そんな会話をしていると、

「それはいい考えですね。アルス様こそ確かに皇帝になるべきお人です」

さっきまでいなかったリーツがいきなり出てきてそう言ってきた。

私たちの話を聞いていたのだろうか？

「アルス様のように、人種や性別に惑わされず、すべての民を平等に評価できる者こそ、皇帝になるべきです」

「いやだからな……まあ、ある程度出世した方がやりやすいとは思うが、皇帝は言い過ぎだ。期待に応えられなくてすまんな」

ここはそう言って、話を終わらせた。変に期待をされても困るしな。

こうしてリクヤ、マイカ、タカオの三人が新しく家臣になった。

エピローグ

ここ数ヵ月で、ヴァージ、エナン、リクヤ、マイカ、タカオたちを始め、大勢の有能な人材を発掘出来た。さらに。仮ではあるがトーマスを家臣に出来たり、傭兵団《ようへいだん》バングルと契約したりと、さらに戦力が増えた。今まで未熟なところも多かったブラッハムにも大きな成長が見られるなど、人材発掘、育成両方ともうまくいった期間になった。

人材が増えたのは良い事ではあるが、増えた影響で人間関係にトラブルが発生することもあり得る。一度、家臣たちで親交を深めるため、祝宴を開催することに決めた。

祝宴を行う場所はカナレ城だ。家臣たちだけ集めるので、特別な出し物を用意したりはせず、豪華な料理を振る舞うだけの祝宴にする予定だ。それでも十分楽しめるだろう。

それから、祝宴日当日となった。

正装をした家臣たちが一堂に会した。

「皆さんお集まりいただきありがとうございます」

とリーツが家臣たちを代表して挨拶をした。

「昨今経済は上向き、作物の収穫量も上がり、さらに鉱山開発も好調で、魔力石の採掘量も上がるなど、順調にカナレ郡は成長をしております。これも家臣一同が頑張った成果であると僕は思います」

リーツの挨拶の内容はだいぶ堅苦しい感じだった。

もっとラフな感じでもいいのに。話が長くなりそうだと感じたシャーロットが、あくびをしている。

「我々は今後もローベント家を盛り上げるため、努力をしていきましょう。そして、新しく入った者たちを知らない人たちもいるでしょうから、今日はみんなで盛り上がりましょう」

最後にそう言って、家臣たち一同で乾杯をした。

私は酒が飲める年齢ではなかったので、ジュースの入ったコップを持って乾杯した。

「しかし、凄いですわね。ローベント家も人材が増えましたが、全員アルスがその目で才能を見出したのですものね……」

私の隣で同じくジュースを飲んでいたリシアが、感心したようにそう言った。

「知らない人も多いですが……あの方々は異国から来たのでしょうか？」

とリクヤたちについて、リシアは気になるようだった。

「ヨウ国という場所から来たらしい。名前は、リクヤ・フジミヤ、マイカ・フジミヤ、タカオ・フジミヤだ。似ていないが兄弟らしい。一番最近家臣になった。リシアは会ったことなかったなそう言えば」

「はい、初めてお会いしました。ご兄弟なんですね」

意外そうな表情で三人をリシアは見ていた。

「こんばんは！　今日もアルス様は凛々《りり》しく、奥方様はお美しいですね！　いやー、こんな楽しいパーティーを催してくれて、大変ありがたいかぎりです！　こんなに人もいると、友達も増えて嬉《うれ》しいし、今日は楽しい一日になりそうです！」

饒舌《じょうぜつ》に挨拶をしてきたのはヴァージだった。

リシアと私も、ヴァージに挨拶を返す。

「あ、僕は一応みんなと話して来てみます！　それでは！」

特に会話をすることなく、ヴァージは一瞬で去っていった。

その後、ミレーユやロセルに絡みに行って、それからリクヤたち、シャーロットたちと次々に話しかけていて言った。

何というかせわしない男だな。喋《しゃべ》ってなくては気が済まないといった様子だ。

「こ、こんな人が……あわわわわわ……私もう帰ります……」

「アホか！　せっかくただで上手い飯食えるのに、何もせずに帰ってどうすんねん！　それに、お前はそろそろ、人との会話を上手になった方がええやろ！　こういう時に練習せんでいつすんねん！」

「む、無理ですよ～。シンさんとこうして会話できているのだけでも、私にとっては奇跡みたいなものなんです！　こんな知らない人がいる中で会話なんて……」

近くでシンとエナンが会話していた。

二人は正確には家臣というわけではないが、今回の祝宴には招待した。

シンは来るがエナンは来ないと思ったが、エナンは無理やりシンに連れてこられたようである。

だいぶ困っていた。

「お、アルス様と奥方様やないか。今回は呼んでくれて感謝やで」

「存分に楽しんでいってくれ」

「もう美味い物いっぱい食えて楽しんどります！　あと、エナンも結構使える奴やったから、もしかしたらいい報告するのも早なるかもしれません！　あ、あの肉美味しそ！」

シンはそう言って、肉を取りに行った。

「良い報告とは飛行船のことでしょうか？」

リシアが尋ねてきた。

「多分そうだろうな。もしかしたらもうすぐ出来るかもしれない」

「それはワクワクしますわね。出来たら、わたくしと一緒に乗りましょう」

キラキラした目でリシアはそう言った。

確かに一緒に空の旅……何てのも悪くはない。

ただ、空を飛ぶ乗り物に危険は付き物なので、実際飛ぶようになっても、人が乗れるようになるまでには結構時間がかかるかもしれない。気長に待とう。

「お、いたいた。アルス様、こんばんは！」

そう言って近寄ってきたのはブラッハムだった。

ブラッハムは両手に肉を持っており、祝宴を満喫している様子だった。

「このお肉美味しいですよ！　アルス様もいかがですか？」

元気な様子で肉を勧めてきたので、私は食べることにした。ブラッハムの言葉通り美味しかった。

「最近入ったタカオって奴ですが、あいつ強いですね！　一対一で戦ったんですが、あんなに苦戦したの初めてですよ！　武器の扱いにあんまり慣れてなかったようなので、修行したらもっとやばくなりそうですねー！　あいつ俺の部隊に入れてもらえないですか!?」

いつの間にかブラッハムはタカオと一度戦っていたようだった。口ぶりから察するに、一応勝利はしたようだ。

「タカオは駄目だ。あいつはリクヤとマイカと一緒にいてもらうからな」

今後はフジミヤ三兄弟には、新しく部隊を作ってそれを率いてもらうつもりだ。

流石にまだ加入したばかりなので、まだ先の話にはなるだろうが。

「そっかー、兄弟なんですよね～」

ブラッハムはすぐに諦めた。

「最近ブラッハムさんの部隊は活躍してらっしゃるみたいですね。凄いです」

リシアがそう褒めると、ブラッハムは照れて顔を赤らめる。

「そ、そんな凄いなんて、まだまだこれからですよ～」

明らかに調子に乗った表情ではあったが、一応言葉では謙遜していた。以前までなら言葉でも調子に乗っていただろうから、その分成長したと言えるだろう。

「離れろクソ女！」

「おいこら、お前姉に向かってなんてこと言うんだ」

「ちっ、おい、やめろ……あ、坊主、ちょっと助けてくれ！」

ミレーユにしがみつかれているトーマスが、助けを求めてこちらにやってきた。

「こ、こんにちはトーマス先生、ミレーユさん！」

二人の姿を見て、ブラッハムは緊張した面持ちになる。

「何やってるんだミレーユは」

「見りゃ分かるだろ、たちの悪い酔いかたしてやがんだよ。郡長としての権限を使って、さっさとこいつを城の外につまみ出せ」

憤慨しながらトーマスは言う。

「つまみ出すのはやり過ぎだ……お、おいミレーユ、トーマスが困っているからやめた方が……」

「ん？　あ、坊やじゃないかい。坊やが抱き着かれたいのかい？」

「そうは言ってないだろ！」

冗談でもそんなこと言うのはやめて欲しい。

ちらりとリシアを見ると、一見笑顔ではあったが、夫になって一緒に生活している今は分かる。これは機嫌が悪くなり始めている時の表情だ。

「はっはっは、冗談だよ。リシア様がめちゃ怖いからね～。ん？　てかブラッハムじゃん」

「こんばんはミレーユさん」

ブラッハムは元気よくミレーユに挨拶した。

「また何か雰囲気変わったよね。昔は馬鹿でしかなかったけど、今はちょっと好青年っぽい感じ。まあ、馬鹿っぽいのは今も馬鹿っぽいけどさ」

「はい、まだまだ精進が足りないので、これからも頑張ります！」

「お、おう……」

素直にそう言うブラッハムを見て、流石のミレーユも少し面食らう。

「うーん、ブラッハムって馬鹿っぽ過ぎて眼中になかったけど、意外と顔は童顔で可愛いし……あれ？　アンタ意外とアタシ好みじゃないの？」

ミレーユが突然妙なことを言い出した。

「こ、好みとはどういう意味ですか？」

ブラッハムは若干緊張したような表情を浮かべる。

「そりゃ言わなくても分かるでしょ。ブラッハム、祝宴終わった後、時間ある？」

「え？　いや、食べた後は寝るだけで何かすることがあるわけでは」

「なるほど、それじゃあ、アタシと……」

「お、俺はそういう事分かんないんで！　それじゃ！」

焦ったブラッハムはその場から逃げ出した。

「あらら、振られちゃった」

「あんないきなり誘って応じるわけないだろ……」

「まあそうだね。じっくり落としていこうか」

ミレーユが舌なめずりをする様子を見て私は呆《あき》れた。

家臣の恋愛を禁止にするつもりはないが、ミレーユはどうも問題を起こすような気がするので、ミレーユに関してだけは禁止にしたい。

まあ、今日はかなり酔っているみたいなので、ブラッハムの事は多分明日には忘れている可能性が高いな。

「アタシとブラッハムが結婚したら、アンタブラッハムの弟になるんだね」

「おぞましいことをいうのはやめろ！」

いきなりとんでもないことを言い出したミレーユを、トーマスが怒鳴りつけた。

「しかしまあ、ブラッハムは強いだけで使えない、大馬鹿だと思ったら、しっかり成長するし……今回も使える人材いっぱい家臣にしたんでしょ？　相変わらず坊やの力は凄いねぇ」

いきなり真剣な表情を浮かべてそう言ってきた。

「もっともっと増やして、カナレをどんどん成長させていったら、もしかしたらミーシアンでも有数の力を持った郡になるかもね。いや、もうなってるかもね」

ミレーユは少し嬉しそうな表情で言った。

「まあでも、力をつけすぎると、色んな人に目を付けられるようになるよ。覚えておきなよ」

そう忠告してきた。確かにミレーユの言葉通り、カナレが力を持ちすぎると、サイツは警戒を強めるだろう。

もしかすると、クランも私を警戒するようになるかもしれない。

今のところ私とクランとの関係は良好で、敵対するような感じにはなっていない。クランも器は大きそうだし、カナレの発展を喜びはしても、疎ましく思う事はない……と思いたい。

「アルス様こんばんは……そちらの綺麗《きれい》な女性は……」

そう言って挨拶をしてきたのはリクヤだった。隣にマイカとタカオもいる。

「初めまして、わたくしはアルス様の妻、リシア・ローベントと申します」

「つ、妻⁉　結婚してたんですか⁉」

リクヤはだいぶ驚いていた。この歳で結婚するのは、ヨウ国からすると普通ではないようだった。

まあ、サマフォース帝国でも、私たちの結婚は早い方だとは思う。父のレイヴンは二十代後半くらいで結婚したからな。

「ふむ、奥方様がいたとなると、私が主様《あるじさま》に嫁いで、親族になるという作戦は失敗したわけですな」

「お、お前そんな事考えていたのか？」

「無論、冗談だ」

「分かり辛い冗談を言うんじゃない！」

相変わらず変わったことを言うマイカに、リクヤがツッコミを入れる。

「あ、紹介が遅れてしまいました。俺はリクヤ・フジミヤといいまして、最近ローベント家に仕えることになった者です」

「妹のマイカ・フジミヤです」

「俺、タカオ・フジミヤ……今日は美味い物いっぱい食えて、人生で一番幸せな日だ」

三人は自己紹介をする。タカオはめちゃくちゃ幸せそうな表情だった。

「お前、美味い物いっぱい食える時、必ずそう言うよな」

リクヤは呆れていた。

「坊や、その三人は新しく家臣になった子たちかい？」

近くにいたミレーユがそう尋ねてきた。私は頷《うなず》いて三人を紹介する。三人にもミレーユとトーマスの事を紹介した。

「ヨウ国……と言えば、センプラーで確かヨウ国産の美味い酒を飲んだ記憶があるね。うん、あれは美味《おい》しかった」

ミレーユは当時の味を思い出しているのか、幸せそうな表情を浮かべていた。

「というか、そのマイカって子も、アタシ好みの子じゃないかい」

ミレーユはマイカを見て、目を輝かせていた。

この女は正直駄目だ。トーマスの言う通り、追い出した方が身のためかもしれない。

「好み……とは？　私が好きと言うことですかな？」

マイカは首を傾げながらそう言った。

「そういう事だね」

ミレーユは頷く。

「なるほど、なぜ私の事を好いているのかは分かりませぬが、人に好かれるのは悪い気はしませんな」

マイカは笑みを浮かべながらそう言った。

ミレーユの中にある邪《よこしま》な考えに、一切気付いていないという感じの清々しい笑顔だった。

「か、可愛い……こ、こんな子をアタシの色に染めてやりたいと思っていたんだ……！」

やっぱり駄目だこいつは。今後、酒の席には二度と呼ばない方が良いかもしれない。

まあ、呼ばなくても勝手に来るのがミレーユなのだが……

「おい、アンタ。うちの妹を変な目で見るのはやめてくれないか？」

私が止めるより先に、リクヤがミレーユに文句を言いに行った。

「何だい。アタシはアンタみたいな平凡そうな男には興味がないんでね」

「な⁉　誰が平凡そうだこの野郎！」

気にしていることを言われてリクヤは激怒する。

このままだと喧嘩《けんか》が勃発するかもと思った私は、

「ミレーユ、あっちの方で高い酒が振る舞われているぞ。あんまり数はないようだから、早く行った方が良い」

と言った。

「な、何だって⁉　行かねば！」

私の言葉を聞いた瞬間、一目散に向かって行った。一応酒が振る舞われているというのは本当だ。まあ別に高い酒ではないが、今の酔いまくっているミレーユに、酒の味の違いなど分からないだろう。

「変わった家臣がいるんですね……」

「まあ、変わった奴らもいるな……でも、マイカとタカオはその中でも上位に入るくらいは変わっているぞ」

「ま、まあそれもそうですね……」

「タカオはともかく私まで変わった奴扱いは、心外でありますぞ主様」

マイカは不服そうだった。

「お三方はヨウ国という国出身なんですね。どのような国なんですか？　わたくし存じ上げなくて」

「えーと、どんな国？　島国で、魚をよく食べていて、住んでいる人は血気盛んな奴らが多いですね。内乱とかは何度も起こってます。今も王家が敗北したせいで、群雄割拠な状態になってると思います。予想ですけど。もしかしたらどっかの貴族が新しい王として、ヨウ国を統一したかもしれません」

「なるほど……内乱が起こっているという意味では、サマフォース帝国と一緒ですね。サマフォース帝国の皇帝家はまだご健在ですけど……しかし、王家が敗北とは……大変ですね」

「え、ええ、大変です」

リクヤは少し口ごもりながら返答した。

彼らがヨウ国では王族だったという事実は、わざわざ広める必要はないので、リーツと私と、それから相談をしたロセルくらいしか知らない。リシアには後でこっそり教えるか。

「じゃあ、俺たちはほかの家臣たちにも挨拶をしないといけないので」

そう言い残して、リクヤたちは去っていった。

上手くやっていけそうか少し心配でリクヤたちを見ていたが、特に問題はないようだった。

無難に挨拶をして行った。

特に問題を起こすような事はなく、私は一安心した。

それから祝宴は特に問題が起こる事無く、無事終わった。

だいぶ盛り上がって、家臣たちも親交を深めたようである。

今後も新しい家臣たちを大勢登用することにはなるだろうから、こういう祝宴を開く機会は多くなりそうだ。

○

「ご苦労だった」

サイツ州、プルレード郡、プルレード砦《とりで》。

ボロッツ・ヘイガンドは自身が放った諜報員《ちょうほういん》からの報告を聞いた後、そう労《ねぎら》った。

先の大戦はもしかすると、処刑されるか追放されるかしてもおかしくないほどの失態ではあったが、サイツ総督はボロッツに大きな罰は与えず、再びカナレ攻略の任を与えた。

アルス・ローベントを味方にするのが難しいのであれば、始末するしかない。その考えは、ボロッツもサイツ総督も同じであった。

敗戦してから、戦力を整えるのと同時に、カナレ郡内で工作をしたり、情報を集めさせたりした。

カナレにも優秀な密偵がいるのか、中々容易く情報を集めることは出来ず、思ったより情報は少なかった。

さらに、サイツの家臣になっていた野盗を解雇してカナレ郡に追いやってみたが、それも上手く対処され、思った以上の被害は与えられない。

（やはり有能な家臣が多いだけあって、中途半端な策は対処されてしまう……戦力を整えて力押しするのも時間がかかりすぎる。それはまずい）

カナレは、新規の人材を次々と増やしているという事が、報告としてあった。

まだ家臣になったばかりではあるので、どれほど有能な人物なのかは分からないが、才能あるものをどんどん登用しているのだろうと、ボロッツは確信していた。

人材が増えているだけでなく、カナレは経済も好調だった。

ミーシアン州内の状況が良いというのもあるが、カナレは政策一つ一つが合理的で優れており、さらに民を説得できる能力も高いのか、事業の計画が早く進んで、明らかにほかの郡より早い速度で成長していた。

隣接する郡がそこまで発展されると、サイツ州からしてみれば脅威でしかない。

（すぐにでも仕留めなければ……やはり……暗殺する以外に方法はないか）

そう結論を出した。

しかし、暗殺と言っても難しく、ボロッツの家臣たちにそこまでの腕を持つ者はいない。

なので、外部の者に依頼をするしかないと考えていたが、暗殺者の情報というのは、易々と手に入るものではない。

ボロッツは凄腕の暗殺者の情報を入手はしており、家臣たちに調査をさせていたが、中々報告が返ってこなかった。

焦った表情のボロッツは、近くにいた家臣に、

「〝ゼツ〟とのコンタクトはまだとれぬのか？」

と尋ねた。

「まだ報告は返ってきていません……」

「そうか……本当にあの情報は正しかったのか？」

ボロッツは首を傾げる。

すると、

「ボロッツ様、ご報告があります。〝ゼツ〟を見つけてまいりました」

そう慌てた様子で家臣が報告しに来た。

「おお、良く見つけて来てくれた！」

ボロッツは安心したような表情でそう返答した。

「ぜひボロッツ様と交渉をしたいようで、今砦の応接間に通しております」

「分かった。応接間だな。早速向かう」

ボロッツは交渉のため、応接間へと向かった。

アルスを暗殺するための計画が遂に始動した。

番外編　ムーシャの成長

朝、カナレ城の魔法訓練所。

ムーシャは魔法の訓練を行っていた。

今日は公には魔法訓練は休みなので、魔法訓練所にはムーシャ以外の魔法兵はいなかった。

魔法の訓練は、実際に使用してみるところから、呪文を素早く唱える練習など様々あった。

実際に使用する訓練は、魔力水を消耗する。

それでも使ってはいけないということはないのだが、ムーシャは性格的に自主練習で使うのは申し訳なく感じていたため、魔力水を使わない訓練を行っていた。

「休みなのに頑張ってるじゃん」

訓練を行っているムーシャの下に、シャーロットがやってきた。

「あ、シャーロットさん、おはようございます」

ムーシャは丁寧に頭を下げて、シャーロットに挨拶をした。

「今日は訓練休みですけど、なぜここに？」

「散歩してた。近くを通ったからムーシャがいるかと思って覗いてみたら、ほんとにいた」

ムーシャの疑問にシャーロットが答える。

「呪文の練習？」

「はい！」

「それより魔法使った練習の方がためになるよー」

「そ、それは分かってますけど、魔力水の消費を考えると、自主練習で魔力水を使うのは気が引けると言いますか……」

「それなら大丈夫。ちょっと前に、リーツを説得して練習で使える魔力水の量を結構多くして貰ったんだよ。戦いに備えるのも大事だけど、戦力を上げるには練習しないと駄目だって言ってね」

「へー、シャーロットさんでも、リーツさんを説得出来たりするんですね」

「えっへん……ってあれ？　もしかして馬鹿にしてる？」

一度胸を張るシャーロットだったが、ムーシャの言い方に疑問を持つ。

「あ、そ、そんなことないですよ！　やったー！　魔力水を練習でいっぱい使えるなんて、サイコー！」

ムーシャは精一杯喜んで見せた。

シャーロットの疑問はなくなったようで、満足そうな笑みを浮かべ腕を組んだ。

「じゃあ、お言葉に甘えて使わせてもらいますね！」

ムーシャは早速、魔力水を使う準備をする。

小型の触媒機を使っての訓練だ。

中型から大型の物を用いての訓練は、この魔法訓練所では行われない。威力が高いので、施設を破壊する恐れがあるからだ。

そのため中型から大型の触媒機を用いての訓練は、外に出て行うことが多かった。

小型の触媒機とそれ以外の触媒機では、使用出来る魔法は違うが、威力の高い魔法を使う感覚や、魔法を狙ったところに射つ技術は、小型の触媒機を使っても磨くことが出来る。

ムーシャはファイアバレットの魔法を練習用の的に向かって放った。見事に命中した。

小型の触媒機を使ったとは思えないほど、威力も高かった。

並の魔法兵の放つファイアバレットは、軽く爆発するだけだ。仮に人間が食らっても、火傷を負う危険性はあるが、一撃食らっただけでは、致命傷を負うほどの威力はない。

ムーシャの放ったファイアバレットは、それなりに大きな爆発をした。武装した兵士でもほぼ確実に、食らったら即死するくらいの爆発だ。

それほど威力だが、ムーシャは満足げな表情は浮かべていなかった。

彼女の魔法を見ていたシャーロットのファイアバレットは、そんなレベルじゃないと知っていたからだ。

シャーロットの放つファイアバレットは、大爆発を引き起こす。普通なら中型の触媒機や爆発の魔力水でも使わないと、起こせないほどの強力な爆発だ。

それに比べるとムーシャは、まだまだだった。

ムーシャは、それから何度かファイアバレットを使用する。

前までは、魔法の威力が安定していなかったが、最近になって安定するようになり、毎回高威力の魔法を使えるようになってきていた。

「成長したね……」

シャーロットは感慨深そうな表情でそう言った。

「シャーロットさんに比べたら、まだまだです。もっと頑張らないと」

真剣な表情でムーシャはそう答えた。

「わたしを追い越す気なの？　言うじゃない」

「え？　あ、そ、そんな気は……ちょっとでも追いつければ良いかなって……」

「本当？　追いつかれないように、わたしもちゃんと練習しないとね」

ムーシャの頑張りに触発されたのか、シャーロットがそう言った。

「一緒に練習しよ」

「あ、は、はい！」

そして、二人は一緒に練習を行った。


「やっぱりシャーロットさんは凄いなぁ」

練習が終わり、感嘆しながらムーシャは言った。単純な魔法の威力では、成長したムーシャでも、シャーロットには遠く及ばなかった。

「まあ、それほどでもある」

鼻を高くしてシャーロットはそう言った。

「流石にこれ以上わたしたちだけで魔力水使うのも何だし、今日はもう帰ろうかー」

「あ、そうですね！」

二人は魔法訓練所を後にして、カナレ城内へと向かう。

「シャーロットさん、そういえば、明日新人の魔法兵が増えますね」

道中、ムーシャはそう話を切り出した。

「ん？　そうだっけ？」

「き、聞いてなかったんですか？」

「うーん、……言われてみると聞いた覚えはあるかも。今まで忘れちゃってたけど」

「忘れちゃってたんですか……」

ムーシャは呆れた表情を浮かべる。

「何人くらいだったっけ」

「今度は五人です！　皆アルス様の鑑定で魔法の才能があるって分かった人たちです！　私も怠けてたらすぐ追い抜かれるかもしれないので、練習をサボったりは出来ませんね……！」

「五人か～。もっと一気に見つからないのかな？」

「そ、そんな簡単には見つからないんですよ」

「そうなんだろうね～。まあ、何人でも新入りが来るのは良いことだね。明日はわたしが、ちゃんと魔法教えてあげないとね～」

「そ、そうですね！」

ムーシャは肯定の返事をしたが、内心不安だった。

シャーロットはあまり教えるのが上手い方ではない。ムーシャも最初のうちは言っていることが、よく分からず苦労したからだ。今では何となく分かるのだが、新人たちが上手く理解出来るかは分からなかった。

（い、いざという時は私がサポートしないと……上手く出来るか分からないけど）

ムーシャも新人の育成について、出来る限りのことを頑張ろうと心に決めた。

○

翌日。

魔法訓練所に、新人の魔法兵五人が集まっていた。

性別は全員男である。

魔法には男女差がないと言っても、やはり戦をするのは男という感覚はあるので、募集に応じてくるのは今でもほとんどは男だった。

「わたしが魔法兵隊、隊長のシャーロット・レイスだよ。よろしく！」

新人の兵の前でシャーロットが挨拶をした。

自己紹介を聞いて、新人の魔法兵たちがざわつき始める。

「あの人がシャーロット・レイス……」

「サイツ州との戦で戦場に地獄を作り出した……」

シャーロットの評判はカナレ郡だけでなく、ミーシアン全土に鳴り響いていた。

恐ろしい噂が多いようで、尊敬しているというより、恐れているという表情で見ている者が多いようだった。

「今日からわたしが魔法について教えるから。分からないことがあれば何でも聞いてね」

シャーロットがそう言うと、新人の魔法兵たちは、思ったより怖い人物ではないと分かり、ほっとしたようだ。

それからムーシャやほかの魔法兵が自己紹介を行った後、新兵たちも自己紹介をした。

早速新兵たちに触媒機を渡して、魔法を使用する練習を始めた。

ムーシャはシャーロットの指導が上手く行くか、不安な表情で見守っていた。

新人たちは、全員魔法を使用するのは初めてだった。

魔法は戦闘以外の生活の場で用いられることもあるが、基本的に魔道具は高価な物が多いので、一般人が利用する機会は少ない。

今回採用することになった魔法兵たちは、全員が元平民なので、魔法とは縁遠い生活を送っていた。そんな新兵たちが魔法を次々と使用していく。

アルスが才能ありと見極めた者たちだけあって、初めて使ったにしては、魔法の威力は高い。しかしシャーロット並みの威力を出せる者は、流石にいなかった。

「最初にしては悪くないけど、まだまだ実戦で使うには威力不足かなぁ～。まあ、これから練習していこう」

シャーロットは魔法を見て、そう評価した。

「威力を上げるにはどうすればいいんですか？」

と新兵の一人が質問する。

「威力を上げるにはどうすれば……？　うーん、そうだね……」

シャーロットは悩んだ末、

「相手をぶっ倒してやる〜、って感じの気持ちを込めればいいと思うよ」

と返答する。

「ぶっ倒してやる〜……ですか……？」

質問した新兵は戸惑っているようだった。この返答では無理もないだろう。

見かねたムーシャが、

「え、えーと、魔法の威力を上げるには、成功のイメージをしっかりと頭の中で持つ必要があります！　シャーロットさんはそう言いたかったんだと思いますよ！」

とシャーロットの説明を補完した。

「うんうん、そう、イメージが大事だね、イメージが」

「そのほかにも、心が乱れると魔法の威力も落ちるので、平常心を保つことが重要です。後は肉体を鍛える時は、トレーニングをして鍛えるのと一緒で、魔法も使うことで威力が上がっていくことがあります。魔法の威力が上がりやすくなる食事なんかもありますので、魔法兵として生活していくと、おのずと威力は上がっていきますよ！」

新兵がムーシャの説明を聞いて感心する。

「へー、そうなんだ」

それと同時に、シャーロットもムーシャの話を聞いて感心していた。

「シャ、シャーロットさんは感心しないでくださいよ！　このくらい知っててください！」

「だってわたしは最初から強い魔法使えてたしな～」

シャーロットがそう言うと、ムーシャは呆れてため息を吐いた。あまりにも天才過ぎて、教えるのには向いてなさそうだと、改めて思った。


それから新兵に対して続けて指導を行った。シャーロットの説明は相変わらず分かりにくく、それに対しムーシャの説明は非常に分かりやすく要点をしっかりと伝えていた。

一日目の訓練は、ムーシャの指導のおかげで、初日の訓練とは思えないくらい新兵たちは成長することが出来た。

「ムーシャさんのおかげで上手く魔法を使えるようになりました！　ありがとうございます！」

「魔法なんか使ったことなかったので、魔法兵になることになった時は、不安だったんですけど、あっさり使えて安心しました！　ムーシャさんのおかげです！」

新兵たちは指導したムーシャに感謝の言葉を次々に口にした。

「あ、え、と……私の指導というより、皆さんに才能があったからで……でも、ちょっとでもお役に立てたようなら何よりです」

新兵たちに感謝されて、ムーシャは少し照れつつ返答した。

「うーん……教えるのはムーシャの方が向いてるみたいだね。まあ、わたしは別にそんなに教えたいって思ってたわけじゃないし、新兵たちの教育はムーシャに一任する」

その様子を見ていたシャーロットが、ムーシャに向かってそう言った。

「え？　い、一任ですか⁉　そ、それは流石に荷が重いですよ‼」

ムーシャはいきなりの任命に戸惑う。

「大丈夫だよ～。こういうの適材適所？　って言うんだっけ？」

「適材……適所」

「ついでに、新人以外の皆にもムーシャが指導してあげたら？　伸び悩んでいる子もいるみたいだしね」

「え？　そ、それは……私より先に入った方達に教えるなんて……」

「別に良いでしょ？　今となっちゃムーシャより実力あるのわたしくらいなんだし。皆もムーシャが何でこんなにすぐに上達したのか、知りたがっていると思うよ」

「そ、そうなんですか？」

「うん、絶対知りたがってると思うよ！　まあ、ムーシャも自分の練習したりで忙しいだろうから、どうしても駄目って場合は、諦めるけどさ」

シャーロットにそう言われて、ムーシャは悩む。

（魔法兵の皆に指導……私みたいな半人前がそんなことやれるんだろうか……）

ムーシャは不安な気持ちを強く抱いた。

（でも、さっきの新人さんたちは、私の指導で上達出来たみたいだし……この隊のために出来ることがあるなら……）

少しだけ悩んで、

「やります！」

とムーシャは返答した。

「ありがとう！　じゃあ明日から早速お願いね！」

シャーロットはムーシャの返答を聞き、嬉しそうにそう言った。

翌日から、早速ムーシャは魔法兵隊の兵たちに、指導を行い始めた。

シャーロットの予想通り、ムーシャから魔法のコツを教わりたいと思っていた魔法兵たちは大勢いた。

ムーシャは分かりやすくコツを兵士たちに伝えていった。

さらに、愛想の良いムーシャは、兵士たちの練習に対するモチベーションを上げるのも上手で、いつにも増して熱心に練習する者が増えていった。

ムーシャが指導にあたってから、二週間という短い期間で結果が出てきた。

魔法兵たちの実力が、大きく伸び始めてきたのである。

「いやー、短期間でこんなに結果が出るなんて、ムーシャのおかげだね！」

「い、いいえ、皆さんが頑張ったからだと思います！」

ムーシャはシャーロットに褒められて、謙遜していたが、かなり嬉しそうな表情を浮かべていた。

「でもごめんねー。教えてたから、自分の練習はあんまり出来なかったでしょ？」

「確かにあんまり練習出来なかったのですが……皆さんに教えているうちに、私も魔法が上達しまして……」

「え？　何で？　練習出来てないんでしょ？」

「そうなんですが……多分、人に教えることで、私自身も気づけたことが多くあったというか……」

「へー、そうなんだ。どのくらい上達したか見せてみてよ」

「はい！」

ムーシャは魔法を使う準備を始めた。

小型の触媒機を使い、ファイアバレットを使用する。

大きな爆発が起こった。今までのムーシャでは、起こすことがほとんど出来なかった威力だった。

それから数回ファイアバレットを使ったが、全て高威力。

明らかにムーシャ自身も飛躍的に成長していた。

「これは……本当に成長したね、ムーシャ……」

シャーロットは驚いた表情でそう言った。

まだまだ、シャーロットほどの威力ではないが、だいぶ自分の力量まで近づいてきていると、シャーロットは実感しているようだった。

「いやー、ムーシャに指導させたのは色んな意味で正解だったね。ムーシャも強くなるし、ほかの皆も強くなるし、わたしはサボれるし」

「さ、最後だけは正解じゃない気がするんですが……」

「これからも忙しいだろうけど指導よろしくね～」

シャーロットは飄々とした態度で頼んだ。

「は、はい頑張ります！」

ムーシャはそう返答した。

○

「てな感じで、魔法兵隊はムーシャのおかげで、だいぶ強化されて良い感じなんだよ～」

定例会議の日、シャーロットがそう報告してきた。シャーロットの傍らにいるムーシャは、少し照れ臭そうな表情をしている。

シャーロットの話によると、ムーシャが上手いこと、魔法兵たちに指導をして、彼らは大きく上達していっているという話だった。

私は、ムーシャに魔法の才能があると思って採用しただけで、教える才能があるということは見抜いていない。というか、そんなステータス存在しないので、見抜くことは不可能なのだが。

「しかしまあ、そんなに簡単に成長するなら、今まで教えてたやつは何してたって話だが」

トーマスが呟く。

「そ、それはわたしを馬鹿にしてる⁉　一生懸命教えてたんだけど！」

呟きが聞こえていたのか、シャーロットが怒鳴っていた。

今まではシャーロットが教えてたんだな。

よく考えれば、誰に教わるでなく、最初から強力な魔法を使えていたシャーロットが指導するのは、はっきりと無理があったのかもしれない。

「あと、魔法兵を指導したことでなんかムーシャもめっちゃ成長してた」

シャーロットが付け加えて説明した。

指導することに気を取られて、ムーシャ自身の成長はおろそかになっていたと思っていが、逆のようだ。

私はムーシャを改めて鑑定してみた。

統率　60／76
武勇　77／79
知略　51／73
政治　56／75
野心　32

全てのステータスが成長していた。

武勇に関しては、ほぼ限界値近くまで成長している。

基本、限界値近くまで能力が上昇すると、そのあとは成長し辛くなるのだが、ムーシャはすぐに限界値まで成長するかもしれない。

統率に関しても大きく伸びている。指導することで、兵士に慕われ始めて、伸びたのだろうか？

魔法の実力が伸びただけでなく、ほかにも良い影響があるかもしれないな。

最初は全て40台だったことを考えると、かなりの成長だ。いや、まだ、家臣になってからそれほど経過していないので、飛躍的な進歩といえるだろう。

武勇70以上は割といるのだが、魔法兵適性が高い上に、武勇が70以上ある者は少ない。

カナレにはシャーロットとムーシャの二人だけである。

魔法兵の重要性の高さを考えると、ムーシャは非常に重要な人材になったといえるだろう。

しかし、改めてムーシャのステータスを見たが、限界値はかなり万能型だ。

将来的には魔法兵を率いらせてもいいかもしれない。数が増えたら、シャーロットだけで率いるのは難しくなるからな。

「ムーシャ、魔法兵の指導、感謝する。優れた魔法兵が増えることは、カナレにとって大きな利がある。君には特別報酬を与えることとする」

「ええ!?　特別報酬ですか？　そ、そんな私なんかに」

「それだけ君は重要な仕事をしてくれたんだ。反対する者はいるか？」

反対の声は上がらなかったので、特別報酬を与えることが決まった。

後日、金貨を二十枚、ムーシャに渡したら、受け取った瞬間、金額の多さに驚いたのか気絶していた。

番外編2　ブラッハム、ザットの日常

カナレ軍練兵場。

ブラッハムが率いる精鋭部隊が訓練を行っていた。

彼の部隊はカナレ軍の中でも、選りすぐりの強者だけが入ることが出来る。

部隊に配属された時から、基本的にかなりの力量を持っている者が多いのだが、中には例外もいた。

「おい……あいつ本当に俺の部隊配属ってことで合ってるのか？」

ブラッハムは新兵たちが訓練する様子を眺めながらそう言った。

その中に、一人だけ極端に動きが悪い若い男がいた。

名前はクッラ。

体が細く、背は少し低め。身体能力も低く、さらには武器を扱うのも下手だった。

「そうですね。動きを見る限り間違いかと疑ってしまいますが……どうやら才能があるので、育成してほしいとのことらしいです」

「いやー、どう見ても才能ゼロだぞ」

ブラッハムの目には、これから強くなる人間には全く見えなかった。

「郡長様の力で調べたようですが……」

「うーん。アルス様でもたまに間違えるんじゃないのか？」

「その可能性はありますが。才能があるから育ててほしいと言われた以上、我々は言われた通りにするしかありません」

「はぁー。まあそうだよな。まずはしごいてみて、強くなりそうにないなら、改めて報告するか」

ブラッハムはこの時点では、確実に、強くならなかったことを数日後報告することになるだろうと思っていた。

「とにかくクッラの教育はお前に任せたぞ、ザット」

「わ、私がやるんですか⁉」

ザットはあまり乗り気ではなかったようだが、隊長のブラッハムに命令されたので仕方なくクッラを教育することになった。

数日後。

「し、信じられねぇ……」

ブラッハムはクッラの姿を見て驚愕することになった。

ザットと共に訓練をしたクッラだったが、頭角を現すのは思ったよりも早かった。

身体能力は相変わらず低いまま、体も細く決して見た目は強そうではない。

しかし、自分より明らかに体格の大きな兵士を、模擬戦で次々と倒していった。

「ど、どういうことだ？　なぜあいつはあんなに強くなったんだ？」

クッラの教育を担当していたザットに、ブラッハムは尋ねた。

「クッラは目が抜群に良いんですよ。単純に視力が良いだけでなく、観察眼に優れているので、相手の動きをある程度先読みできます。さらに非力ですが、剣の扱いに非凡なセンスを感じますね。少ない力でより大きな威力を生み出すことが出来ています」

「なるほど……戦いにはスピードとパワーが基本的には重要だけど、観察眼でスピードを、剣の扱いでパワーを補っているんだな。でも剣の扱いは最初ド下手じゃなかったか？」

「教えたらぐんぐん伸びていきましたね。普通センスある者は最初から上手に扱うはずなのですが……珍しいタイプですよ、彼」

「そんなに伸びたのか……」

「流石に運動能力がまだまだ足りないので、本当に強い相手だと動きが読めても対処のしようがないようですが。これで身体能力を鍛えて行けば、相当強くなると思いますよ」

「うーむ……自分の見る目のなさに愕然とするな……」

ブラッハムは少しショックを受けた様子で、クッラの模擬戦を見ていた。

「隊長に見る目がないというより、アルス様の能力がやはり異常なのだと思いますよ。仮にクッラが私の率いる部隊に加入したいと言って来たら、一応テストは受けさせるとは思いますが、そこですぐに落としていたでしょうね。剣の扱いがこんなにすぐに上達するなんて予想だにもしないでしょうし。完全にクッラの才能は〝眠っている〟才能だったと思いますが、それをも見抜けるとは……」

「どんな才能でも見抜けるんだな……アルス様の力があれば、この精鋭部隊……将来は凄いことになるだろうな」

「心配なのは隊長だけですね」

「どういうことだ！　一応俺もアルス様に見出されて隊長やってんだよ！」

「それも凄いですよね。私なら隊長を家臣になんて、絶対にしないのに」

「さては馬鹿にしてるな」

「冗談ですよ。さて、隊のため今日も訓練頑張りましょう」

最後にそう言って、ザットは訓練をしに行った。

○

後日、訓練が休みの日、ブラッハムとザットがカナレの街を二人で歩いていた。

「何で隊長と一緒に街中を歩くことになってるんですかね……」

「何でって、たまには隊の仲間として、親交を深めようって話しただろ」

「聞いてないですね……無理やり連れてこられたんですけど……」

ザットは呆れ顔でそう返答した。

「そうだったか？　まあでも、そういうことだから、今日は楽しもうぜ」

「何がそういうことだからですか……というか何処に行くんですか？」

「まずは市場だな、そのあと昼飯を食いに行って……そっからは決めてない」

「ちゃんと決めてるわけじゃないんですね。別に行っても良いんですが、食事代は出してくれますよね」

「え⁉　お、俺がお前の分もか？」

「はい、隊長ですので」

「ぐ……ま、まあいいだろう。今日は奢ってやる」

苦しげな表情を浮かべながらも、ブラッハムは受け入れた。

「しかし、カナレも短期間で結構変わったなぁ」

街の大通りの様子を見ながら、ブラッハムはつぶやいた。

「確かに人が増えてきましたね」

ザットはブラッハムの言葉に同意する。

二人がカナレに暮らすようになってから、そこまで長い時間が経過したわけではないが、最初に来た時からだいぶ人が増えていた。

「来た時はベルツドより発展してない街だと思ったけど、今はベルツドに近いくらい人がいるんじゃないか？」

ブラッハムはベルツドの光景を思い出しながら、そう言った。

「ベルツドはミーシアンで三番目に人口の多い都市だと聞いていますが……本当にそこまで増えたというのなら凄いですね」

「あくまで見た目だから、実際にどのくらいいるかは分からないけどな！　人が増えるのは良いことだな。兵も増えやすくなるし。最近うちの隊にも新人がどんどん入ってくるな！」

　ブラッハムは嬉しそうにそう言った。

　二人は市場に到着する。

　大通りにも人が多かったが、市場はさらに人が多く、大勢の人で溢れかえっていた。

「うわー……これじゃあ、買うのも難しいなぁ」

「何か欲しいものがあったんですか？」

「うーん？　これって欲しいものはなかったけど……」

「じゃあ、別に買わなくても良いんですね。帰りましょう」

「お、おい待て！　そ、そうだ、珍しい武器とかあったら買いたいぞ！　あと、本とかも買いたい！」

「武器はともかく本？　隊長字が読めたんですか？」

「読めるに決まってんだろ‼　舐めんな‼」

「す、すみません」

　ブラッハムが怒り、ザットはすぐに謝った。

「最近は商人も増えて、市場の品揃えも増えているらしいからな。元々カナレでは中々手に入らなかったものも、置いているようだぜ」

「そうなんですね。あんまり人混みが得意でないので、こういう場所には行ったことがなかったのですが、品揃えが多いのなら行ってみても良かったですね」

「ザットは何か欲しいものはあるか？」

「そうですね……お酒とか……」

「ミレーユさんみたいなこと言うな」

「あそこまで酒好きではないですよ。普通に好きなだけです」

「何か意外だな。あんまり飲んでるとこ見たことなかったけど」

「最近は飲んでませんでしたからね。飲んでもあまり酔わない体質ですし」

「そうだったんだな。酒も多分売ってると思うぞ。隊の奴が珍しい酒買えたって自慢してたのを聞いたことがある」

二人はそれぞれ欲しいものを求めて、市場にある店を見始めた。

酒はすぐに見つかり、ザットが購入する。アンセル州から来た珍しい酒らしいが、ザットは以前飲んだことがあるようで、懐かしがって購入していた。

ブラッハムも武器を発見した。

レイピアという突きに特化した細い剣が売っていた。

ザットは、「実戦で使えるんですかね、これ」と言っていたが、ブラッハムは「面白い形だし、買ってみよう」と言って購入した。自分で使う気はあんまりなかったようだ。

本に関しては目当てのものがなかったので、買うことはなかった。

「さて腹も減ったし、飯食いに行くか」

「そうですね」

「飯屋も増えてきたよな。人が増えると発展して良い街になっていくよな～」

「そうですが……人口の増加は良いことばかりじゃないですけどね」

「あ〜、確かにそれはそうだな」

ブラッハムは道の脇にいる、物乞いを見る。人が増えたからか、貧しくて職を持たない者も増えてきた。人口が増加しても家をいきなり増やせるわけもなく、ホームレスの数も増加している。

「何とかしないといけないけどな〜」

「もちろんリーツさんのことですから、急いで対策はしているでしょうね。それでも急激に人が増えすぎて、追いつかないのでしょうが」

「難しい問題だなぁ」

とブラッハムは唸る。

「人が増えると治安も悪化しますね」

「確かに……治安の維持は俺たちカナレ軍の仕事だよな」

そう言っていると、ブラッハムの前方、少し遠くで、身なりの良い女性に近づいていく、若い貧しそうな男の姿が見えた。

何か怪しいとブラッハムは思ったが、その直感は当たった。

男は女性が持っていたバッグをひったくり、全力で走り出した。

「泥棒〜!!!!」

女性の悲鳴が響き渡る。

ブラッハムは全力で男を追いかけた。

最初、それなりに離れていたが、ブラッハムは桁違いの速度で走り、どんどん距離を詰めていく。

「う、うわ⁉　何だこいつ‼　速い⁉」

ブラッハムの姿を確認し、男は驚愕して声を上げた。

男もそれなりに速い方なのだが、その男からしてもブラッハムは信じられない速度で走っていた。

男は路地裏に逃げ込もうとしたが、その前に呆気なくブラッハムは追いつく。

追いつかれて焦ったのか、男は足をもつれさせ、うつ伏せに転倒した。

倒れた男をブラッハムは動けないように押さえつけた。

「は、離せ‼」

男は暴れるが、ブラッハムは力も強いので、どれだけ暴れようと拘束を緩めない。

「落ち着け！　お前泥棒だろ？　これが盗ったものか？」

「違う！　これは俺のものだ！」

「盗ってるとこ見たんだよ……苦しい言い訳はよせ」

拘束していると、先ほど悲鳴を上げた女性とザットが駆けつけてきた。

「あ、ありがとうございます！　捕まえてくれて！」

倒れた拍子に男はバッグを手放しており、近くに落ちていたので女性はそれを拾った。

「何かお礼を……」

「俺たちはカナレ軍の者だし、お礼はいらない」

ブラッハムがそう言うと、女性は再び感謝の言葉を述べ、去っていった。

「さて、こいつをどうするかだが……」

「この区域の担当をしている、憲兵に引き渡しましょう。余罪もあるかもしれませんし」

カナレには区域ごとに治安維持を担当する憲兵がいた。

ブラッハムは捕まえた泥棒を憲兵に引き渡しに行った。

「ふう、休日に思わぬ仕事をすることになってしまったな」

「今は犯罪の件数が増加しているみたいですからね。憲兵の数も増やしてるようですが、まだまだ足りないらしいですね」

「さっきの男は貧しいから犯罪に手を染めたみたいだし……カナレがもっともっと豊かになれば、犯罪も減るだろうか？」

「どうでしょうね。私はもっと発展した都市に行ったことがありますが、何処も貧しい者と富める者の格差はありました。全員が全員、豊かに暮らすというのは、容易く口に出来るほど簡単なことではありませんからね」

「そうか〜。まあでもいずれ何とかなるだろう。カナレを治めるローベント家には優秀な人材が揃っているからな」

「そうですね。リーツさんにシャーロットさん、ロセルさんにミレーユさん……錚々《そうそう》たる顔ぶれです。その方々を見出した、郡長アルス様のお力も忘れてはいけません」

「お、おい、誰か忘れていないか？」

「ん？　ああ、トーマスさんですね。正式に家臣にはなってないようですが、かなり優秀です」

「そうじゃなくて！」

「もしかして、フジミヤ家の三人ですか？　まだ加入したばかりで、実績は上げてないですが、ちょっと話してみた限り、有能そうですよ」

「だから違う！　わざとやってるだろ、お前！　いるだろ？　お前のすぐそばに」

「すぐそば？　もしかして私ですか？　残念ながら私はそこまで有能ではないと自覚はあります。そこらの凡夫には負けてないと自負はしていますが」

「すぐそばって言ってんだろ！　お前自身なわけあるか！」

「はぁ～、自分で自分を優秀な人材だと思っているとか、自意識過剰じゃないですか？」

「おい！　やっぱりわざとやってたじゃねーか！」

怒るブラッハムを見て、ザットは肩を震わせて笑う。

「俺は世界一の将になると、アルス様からお墨付きを頂いているのだからな！　俺を馬鹿にするということは、アルス様を馬鹿にするということと同じだぞ！」

「そうですね。私が間違ってました。申し訳ありません」

ザットは心が全く籠っていない感じで謝罪をする。

「何か釈然としないが……謝ったから許す」

ブラッハムは納得いっていないようだが、そう言った。

その後、二人は食事をして帰宅した。

あとがき

5巻ご購入ありがとうございます。未来人《みらいじん》Aです！

読者の皆様の応援のおかげでアニメ化が決定しました!!

いつか自分の作品がアニメになって、色んな人が見てくれるのを夢見て作家として活動していました。夢が叶って感無量です。

本当に嬉しいです！　ありがとうございます。

最初にアニメ化の話を担当編集から聞いてから、数か月間、本当にアニメ化するのか疑ってました（笑）。無事に発表することが出来て良かったです。

アフレコの見学もさせていただきました。もちろん初めてで、貴重な体験でした！

アニメは２０２４年に放送予定です。原作者としてもアニメが放送されるのが待ち遠しいです。

読者の皆様にも楽しんでいただけたらと思います。

『転生貴族、鑑定スキルで成り上がる』の物語はまだまだ続きます。

アニメで転生貴族を知る方ももっともっと増えると思います。読者の皆様に楽しんでいただくためにも今後も執筆頑張りたいと思います！

引き続きよろしくお願いいたします。

Kラノベブックス

転生《てんせい》貴族《きぞく》、鑑定《かんてい》スキルで成《な》り上《あ》がる5
～弱小領地《じゃくしょうりょうち》を受《う》け継《つ》いだので、優秀《ゆうしゅう》な人材《じんざい》を増《ふ》やしていたら、最強領地《さいきょうりょうち》になってた～

未来人《みらいじん》A《エー》

2023年6月28日第1刷発行
2024年9月20日第3刷発行

発行者	森田浩章
発行所	株式会社 講談社 〒112-8001　東京都文京区音羽2-12-21
電　話	出版　(03)5395-3715 販売　(03)5395-3605 業務　(03)5395-3603
デザイン	AFTERGLOW
本文データ制作	講談社デジタル製作
印刷所	株式会社KPSプロダクツ
製本所	株式会社フォーネット社

KODANSHA

ISBN978-4-06-532067-9　N.D.C.913　291p　19cm
定価はカバーに表示してあります

ファンレター、
作品のご感想を
お待ちしています。

あて先
〒112-8001　東京都文京区音羽2-12-21
(株) 講談社　ライトノベル出版部 気付
「未来人A先生」係
「jimmy先生」係

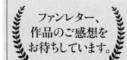